诗
想
者

HI POEM

生　　　活　　　，　　　还　有　　　诗

世界看见我

Shijie Kanjian Wo

倮倮 著

广西师范大学出版社
·桂林·

特约策划／刘　春
责任编辑／覃伟清
责任技编／王增元
装帧设计／桂裴璟

图书在版编目（CIP）数据

世界看见我 / 倮倮著. —桂林：广西师范大学出版社，2023.10

ISBN 978-7-5598-6327-0

Ⅰ．①世… Ⅱ．①倮… Ⅲ．①诗集－中国－当代 Ⅳ．①I227

中国国家版本馆 CIP 数据核字（2023）第 164362 号

广西师范大学出版社出版发行

（广西桂林市五里店路 9 号　邮政编码：541004）
网址：http://www.bbtpress.com
出版人：黄轩庄
全国新华书店经销
广西民族印刷包装集团有限公司印刷
（南宁市高新区高新三路 1 号　邮政编码：530007）
开本：889 mm × 1 194 mm　1/32
印张：7.5　　字数：140 千
2023 年 10 月第 1 版　　2023 年 10 月第 1 次印刷
定价：72.00 元

如发现印装质量问题，影响阅读，请与出版社发行部门联系调换。

序 一

布拉格，卡夫卡和浅草寺的钟声

马 拉

诗歌是一门事关心灵的深刻学问。这句话如果进一步简化，可以浓缩成"诗歌是心灵的学问"。说诗歌事关心灵，几无争议。说诗歌是"深刻学问"，对缺少必要的诗歌训练的读者来说，恐怕有些费解。在传统的观念中，学问意味着极大的理性，它排斥个人感性的认知，以求取得无可争议的逻辑地位。诗歌似乎不是这样，它的抒情和叙述，总是在强调个人的风格，个人的情感，似乎既不理性，也不科学。很长一段时间内，不少读者认为以朦胧诗为代表的当代诗歌也是反逻辑的。这显然是因为缺乏对诗歌的深刻理解。诗歌作为一种文体，它的存在和变化固然有偶然的因素，更多的是深刻思辨后的理性选择。说它是一门学问，当然是因为它建立在系统而具体的逻辑之上。和别的学问不同，诗的学问要求心灵的参与，没有足够的感受力不可能在这门学问上取得高分，即使充满热情和爱。这和物理学迥异。诗歌有其极其理性的内在，又以感性的标签行走在表情各异的学问之间，就像让爱因斯坦的灵魂寄宿在梦露的肉体之中。

读一个诗人，读一首诗，找到关键词，也就找到了理解的入口。倮倮诗集辑一《世界看见我》，这是一个值得玩味的命名。对于这个游走于世界各地的诗人，草木都是精神，他正在把自己锻造成一块有用的钢铁。俁俁对他的诗人身份有着高度认可，这让我想起辛波斯卡的一段话。在诺贝尔文学奖演讲词中，她说，在她所认识的诗人中，布罗茨基是唯一乐于以诗人自居的。不但不勉强，相反还带有几分反叛性的自由。俁俁在诗中写道："握手道别时，有人问：'你是一个诗人？'／脑海里弯曲的闪电告诉我：／'诗人'现在是个贬义词，但在我的心里／它仍然稳稳地坐在金字塔尖。／我没有丝毫的羞惭，坚定地点了点头。"这种坚定让人欢喜。如果"诗人"是个贬义词，人类没有尊严可言。通常，诗人习惯以"我"看"世界"，这是以"发现"为导向，"我"如何理解这个"世界"，侧重强调"我"的认知和感受。"世界看见我"流露出不同的信息，作为个体的"我"自身已圆满，也是独立的，"我"要做的是如何在"世界"面前显现。"被看见"需要更大的自信和笃定，毕竟对这个世界来说，一切不过如同一粒灰尘。这辑诗多取于游历，也是"世界"这个词的来源。作为一个诗人，俁俁不仅要看到世界，更希望被世界看见。他提到了巴列霍、卡夫卡、赫拉巴尔、昆德拉，这些伟大的诗人、作家，不夸张地说，他们构成了当代世界文学的基本想象。此后的诗人、作家，谁没有从他们身上汲取养分呢？值得庆幸的是这是一份取之不尽的财富，只要人类的心灵依然丰饶，他们身上的养分不但不会减少，反而会更多，以滋养更为丰富的心灵。俁俁对世界的热爱，凝结在具体的人身上。

《在巴列霍公园朗诵情诗》中倮倮写道"太平洋猛烈的风／让一个人瞬间／扩大了他的半径",物理轨迹对一个人有着具体而细微的影响,感受被激活,强烈而迷人。新世界的展开,会让一个人的内心变得更加敏感,自我确认得到更明确的验证。朗诵的瞬间,他的诗人身份在世界面前呈现,他显然知道他"在向谁致敬"。倮倮曾"在布拉格寻找卡夫卡"。卡夫卡恐怕没有想到,在遥远的中国,他会有如此众多忠实的粉丝。几乎每个中国作家去了布拉格,都会到他的墓前献一束花,或者仅仅是看着低矮的墓碑,静静站一会儿。离卡夫卡墓园不远的另一个墓园,安葬着哈维尔。这些墓园也是倮倮的心灵地图。倮倮还写到了圣雄甘地和特蕾莎修女,关于这两个人,还有什么好说的呢?他们一男一女,如果当代还有理想的伊甸园,他们就是亚当和夏娃。他们是赤裸的,却比穿上衣服的众人更加纯洁。他们展现出来的爱、仁慈和悲悯,体现了人类良心的高度。倮倮在《甘地陵园的黄昏》中写道"我仿佛看见自己是一篇长长的祷告文",至于祷告文的内容,他不着一字。作为读者,我们并不意外,我们都知道他想说并且会说点什么。如果去掉"仿佛"二字,他的意图会更强烈清晰一些,他想要的不是具体的祷告文本身——那张轻飘飘的纸——而是那些字所承载的文明密码。

倮倮一次次提到布拉格,有首诗更是直接以《布拉格》命名,他写道——"继续翻阅:一个城市的内心／一个国家的良心,以及／一些生命的重量"。布拉格,不仅是一个名字,更是一个象征,它的历史和过往不必在这篇短文里清理。

我们需要知道的仅仅是，一个城市，一定是因为一些人而有了重量和灵魂。布拉格的灵魂里一定含有卡夫卡的成分。这辑诗里提到了一些人，再来看看提到的建筑。如果说人是这辑诗的灵魂，建筑则是具体的肉体。倮倮写到了圣彼得大教堂、浅草寺、横滨贞理院、甘地陵园，这些都是让人归于寂静与孤独的场所。活着的人或各有喧嚣，这些清静之所，远离世俗（又何尝不是世俗的一部分），哪怕只是暂时的宁静也是值得珍惜的，人需要休憩。一切都变得轻了，柔和了。"住持轻轻敲击的钟声／仿佛来自遥远的长安"，多好啊。在浅草寺，诗人因为"心里翻滚的欲望"而"不好意思在神像前站太久／往一个人工池子里／丢了几枚硬币／赶紧逃出／浅草寺"。我相信这是写实的句子。鼎沸的人声与想象中的寺反差太大，清修之地怎么能繁闹如夜市？套用鲁迅先生在《狂人日记》中的句式，他逃得有理。

作为倮倮诗歌的深度读者，我相信我对他的诗歌有发言权。辑二《身体剧场》写世象百态，人间冷暖。倮倮的《圣人》写到一位不知天高地厚的小说家，"他的理想是做一个圣人"，这位"小说家"的现实原型是我。看到这首诗，我并不感到难堪，他的理想何尝不是如此？"我们烂醉如泥时，／圣人附体。一团奇异的光／笼罩着我们。"这便是证词。倮倮在俗世中摸爬滚打，我相信他见过赤裸裸的世道人心，也深知世界的险恶之处。这不奇怪，他的工作决定了他的阅历。我见过不少类似的人，他们不写诗。通常，他们脸上有名不副实的通透，在茶室的香气中，他们轻叹一声，像是事了拂衣去的世外高人。俅俅不是，他有着强烈的烟火气，执着的天真，他像是从未被世界伤害，依然有着单纯的热爱，也只有这样的人才能写出"他原谅了世界对他的冒犯"这样的句子。

相较于内心活动，任何表达都显得异常肤浅。在连绵不绝、非线性非逻辑的内心活动中，人的意识处于真正的自由状态。表达尊重语言的规则，甚至庸俗的意识形态和道德秩序，必然是内心活动压缩变形的精简版，一个粗浅的指征。从理论上讲，任何人表达的观念及感受，远不如内心活动丰富。人类真正的秘密永远藏在黑暗的脑海深处，神经元和电子构成最基本的逻辑。诗人的使命在于勘测脑海中的黑暗之处，像一个科学家，必须解码神经元传递的基本信息。诗人的工作，其实是在向马斯克致敬，他们都是伟大的幻想家和杰出的创造者。作为一个诗人，俅俅爱着马斯克，这种爱和性别无关，纯属迷人的颅内高潮。

极好的感受力，表达的勇气，让俅俅的诗呈现出自信的光芒。他有自信的本钱。和很多诗人不一样，他胃口庞杂，世间万象皆可进入他的诗中。他没有对词的歧视，在他看来，任何一个词都有着独特的生命力，他从不回避使用庸词俗词名词大词。他把这些词紧紧地拧在一起，拧成牢固的钢丝，像是审问犯人一样审问自己的内心，你必须说实话，你不能撒谎。《在病房与母亲谈写诗》这首诗中，他在对母亲撒谎，撒得没有任何怯懦。这是个正常人，他有着普遍的喜怒哀乐，钢铁和玫瑰，猛虎和蔷薇，心灵的丰富性在这里获得了证词。相较于写出来的这几行，倮倮的内心活动可以写成一部小说，纠结困惑伦理道德，乱麻一样的困境，只需要一把快刀。如果这把快刀能给人快乐，劈一刀也无妨。"以后再也不写了"这句谎话，具有迷人的温度。

倮倮是一个有着强烈现实感，行走在人间的诗人，他的诗有着丰沛的血肉之躯。小说家马原极推崇《红字》，就这本书他说过一句话，大意是读《红字》而不被打动，那一定是铁石心肠。这句话对倮倮的诗同样适用，他的热情和悲伤猛烈直接，让人一览无余。不夸张地说，作为生活中的朋友，我读过他几乎所有的诗，他的喜怒哀乐影响着我。在这篇粗糙的文章结尾处，我想附上我写给倮倮的一首诗，这首诗说尽了我想说的话。

黄　金
——赠倮倮

傍晚，我从餐厅出来到停车场散步
朋友们还没有来，远山停放如神仙布下的棋子
晚霞将余晖一寸寸收藏，这娇羞的美人。
一辆特斯拉微笑着向我加速，我毫不惊慌
但开始躲闪，这会让我们彼此愉快
亲爱的超人先生，看到你我很开心
你赠我的艾略特文集我还没有读完
他是个有才华的人，我们不能与之相比

至少有一点他会羡慕我，漫长的一生中
他没有得到你纯粹的友谊。重要的不是读者
更不是评论家，对诗人来说只有爱
属于时间中的珍稀之物，灵魂中的黄金。

序 二

诗旅人

庞 培

给倮倮诗集写序非常不好写，因他爽朗健壮，一口烟一口酒双目炯炯大声地谈笑，满不在乎一脸不屑于我已经写到哪里。我读着厚厚的打印稿，感觉自己稍不留意，就成了他泡吧时手肘子不停捣鼓着的酒吧的前台，周围尽是些人脸、重金属、昂贵的烟雾、南国夜生活。他吸我平常不敢吸的好烟，因为写诗和热爱文学名人而走遍了世界各地。作为诗人，他的背后有这么一个身份：倮倮是中国改革开放以来去往世界各地游走次数最多的诗作者之一。我不大晓得他会不会一门外语。当年洛夫先生尚在世，来大陆，如果没有活动，就住在中山，一住几个月。他俩是湖南老乡，且同在一个地方：湖南衡阳。"衡阳保卫战"那个衡阳，我碰巧去过，也特别钟爱南岳衡山的宏伟峭拔。他的诗中有这种得乡土之仙风味。他像湖南山中那个地方的人那样大声说话，谈笑肆意。甫一会面，我俩就大谈湘江水之清冽，石鼓书院的冷落以及闻名中外的"方先觉壕"——抵抗、热爱自由、对真理的执着追寻同样是他历年创作的关键主题。他的诗大抵是抒发某种当代汉语磊落端庄的"知行合一"。也即精神和身体，内在和外界的双重漫游。他不停地往下走，每翻开诗集的其中一页，诗人充满着自信、豪迈、好奇心的脚步声就"咚咚！"地响起。一首诗还没读完，另一首诗就已经迈步跨出，跨向世界和生活的新领域。他的笔端充满了对新空间的赞美。总是在异乡寻觅原乡，在原乡歌唱异乡。世界成了他独自漫游的辽阔的乡土。这是漫游者的热情夜歌，有时也有忧伤，但终归于前方新鲜的黑夜和迢遥的旅程。诗人头脑中始终有一个奇异的新生活，而他从热带雨林的绿筠潇碧中闪身而出，浑身还闪烁湿漉漉的雨滴。诗人的声调已经是一名中年男性的烟嗓，温和谦逊，浑身上下都是全球各地时尚的名牌。

他两次写到布拉格，数次提及瑞士乡村，两次抵达圣彼得堡，七次写西藏，数十次地描述旅途中的印度神庙和南美洲。在空间上，为中国当代诗实现了真正意义上的自由身。他兴趣广泛，诗集信息量超大。既是诗的行为，也是行为意义上的诗。我觉得倮倮的诗集应该叫"66号公路"，因为诗中有太多的《在路上》式的公路或大道，但他自己选定了一个书名：《世界看见我》——我大吃一惊！不能不说，这五个汉字光彩照人，大开大合，颇适宜于诗人堪称经典的半生漫游的自由写照。是的，世界不停地看见"我"，看见着形形色色的我们。世界的多重、多语种，多个城市和土地、季候或天气的目光，在看见"我"，而"我"（诗人）将回报以同样作为漫游者的一行行新奇丰富的诗行目光。在世界的黑夜尽头，在地平线不断隆起的晨昏之间。

多数时候，一个名叫"倮倮"的诗人在世界的丛林深处游走。听起来,仿佛邻近的村庄人家有一名男孩离家出走了。似乎,在一定程度上,这个名叫"俫俫"的汉人,是杜鲁门·卡波特著名小说《蒂凡尼的早餐》故事的诗歌体翻版(那里有一名女声唱着旋律雄迈的《月亮河》)。诗篇字里行间,天生充满了大自然的风声、溪流声和吉他声,以及入夜点燃的篝火声。诗人的文字充满了惊喜。他常用一种喜悦满满的语气来说话,天然地兼带全球化之后古典陈旧的波希米亚况味。

他隐身于空间的巨大、人世短暂的欣喜若狂背后,用诗人自己的话来说,就叫"时间的暗河里有闪电的音符":

> 体内的道路弯曲,
> 我总在转弯处看见:什么在闪光?
> 勤劳的蜜蜂不停地嗡嗡嗡,
> 一切仿佛都是徒劳,但嗡嗡声
> 是不是在浓雾中擦亮了一个早晨,
> 嗡嗡声本身难道不是一份礼物?
> 不要问我,如何在寂寞的旅途上,
> 做一个热烈的旅人。

这首诗里有某种"勤劳的弯曲",适合中国人,适合南方各省份人的形象,而且诗人眼前的早晨,盖由某种"徒劳的浓雾"来"擦亮"——诗人正隐晦说出他的辛酸,形只影单时的寂寞,却是在用寂寞之声,言说出眼前的热烈——一个好脾气、吃苦耐劳的男人形象,在沉思着的诗意深处,油然而生——是不是有点像米沃什写于战后的《礼物》？

诗人一生钟爱米沃什、卡夫卡、俄国文学、东欧文学、美洲文学……时常对着眼前大师们的画像名字，发出"哈哈哈……"由衷欢乐的笑声。正如明代大思想家陈献章所说："无一息不运。""宇宙内更有何事，天自信天，地自信地，吾自信吾；自动自静，自阖自辟，自舒自卷；甲不问乙供，乙不待甲赐；牛自为牛，马自为马；感于此，应于彼，发乎迩，见乎远。"（《与林时矩书》）一种完全的自信和情性流露。大路朝天，大道向前。在诗人曾经驻足的印度的一棵不知名的常青树下。

世界之遥远、新奇和陌生之于傈傈，犹如生活之孤苦、坎坷和重负之于皮利尼亚克；犹如巴黎的一场雨之于塞萨尔·巴列霍；犹如皑皑白雪的马丘比丘山峰之于聂鲁达。他天生是个豪迈的诗人，见情见性，和生活"自来熟"，见识到世界各地的生活方式，拍拍普鲁斯特小说的大部头肩膀。是个湖南的诗人——像其名字，是个山里的诗人，进入全球生活的豪华奢靡场，义无反顾。"飞翔的子夜里藏着时间的秘密"，把中国乡土田野的干草香、泥土香带进汉语里。时而苦行、时而冥想；间或微笑，"在十七英里与一只鹈鹕对望"；偶尔说到了光，伸出悲伤的舌头；在冬夜凝视一座灯塔，给德吉拉姆写情诗；雨天游白马寺，送好友永峰去往澳洲；与余丛共饮，与马拉和徐林在书房里谈诗；陪洛夫伉俪游石鼓书院，不时地大笑并冥想；命令天堂降低为街边一座小小的花园；夜宿无名山村，记下一个梦；在卢森堡想起一个人,去杨键的画展凝视芒鞋和钵;夏日黄昏与女儿在二龙山谈论桉树,精心谋划某种逃跑路线;星期日游巴黎圣母院,夜晚,站立在库斯科的街头;在加尔各答梦见大胡须的泰戈尔,突然说出内心安静的修辞——这就是俫俫,我们的俫俫,世界的俫俫,诗人俫俫——好酒、好文学、好五湖四海的兄弟,身兼古老的波希米亚式况味。诗行中秘藏一把小提琴,但从不演奏,只为琴板、琴体上刻有涡形花纹。一生折服于诗的心跳的神秘时刻——再一次地好酒、好动、好字句——如同孔子心爱的门徒曾子所言:好郊游。

我们从白的喝到红的,再喝啤酒,喝到身边所有的酒瓶见底,还在喝。这回是喝茶。他突然笑眯眯告诉我:他也写诗。他还写诗。前者和后者不一样,不大一样,或者说:并不太一样。中年从他身上,从他醉醺醺的肩背后呼啸而过。你确定?我问俫俫:你也写诗?

——你还写诗?

他哈哈大笑。自然而然。毋庸置疑。

> 我喜欢这偶然
> 它有着迷人的真实。
> (俫俫《特鲁希略的黄昏》)

一个名字叫"倮倮"的诗人，闪闪发亮，就这样，从黑夜里向我走来。

2023 年 3 月 31 日

目　录

辑一　　世界看见我

003　　特鲁希略的黄昏

004　　沙滩上的名字

005　　在因特拉肯放出心中的鹤

007　　坐火车从库斯科到马丘比丘

009　　在巴列霍公园朗诵情诗

010　　给一条河流命名

011　　时间的暗河里有闪电的音符

012　　在圣保罗艺术馆邂逅凡·高

013　　圣保罗教堂广场上的鸽子

014	下雨的巴黎
015	星期日游巴黎圣母院
016	在阿赫玛托娃故居
018	在开往圣彼得堡的火车上读曼德尔施塔姆
019	阳光荒凉
020	布拉格
022	在布拉格寻找卡夫卡
023	甲　虫
024	米兰·昆德拉的早晨或黄昏
025	圣彼得大教堂
026	蒙娜丽莎的微笑
027	66号公路
029	在十七英里与一只鹈鹕对望
031	神秘时刻
033	帕米尔的雪
035	马丘比丘的雨
037	夜晚，站在库斯科的街头
039	黑暗中的海
040	致卡布拉尔
041	浅草寺
043	在横滨贞理院坐禅
044	茑屋书店

045	美好的早晨
046	飞翔的子夜里藏着时间的秘密
047	科纳拉克太阳神庙
049	在加尔各答梦见泰戈尔
050	车过恒河
051	关于鸽子的修辞
053	在斋浦尔大街上散步的牛
054	甘地陵园的黄昏
055	特蕾莎修女
056	他原谅了世界对他的冒犯
057	无论睡在哪里都是睡在夜里
058	夜宿山村
059	洱　海
060	与大理书
061	突然的词
062	安静的修辞
063	在清溪峡
064	鹿鸣湖
066	万山岛
068	佛灵湖
070	冬夜凝视一座灯塔
072	南京拜谒

074	梵净山之夜
075	梵净山：群山之心
076	从伶仃洋到毛洲岛
077	海边的倮倮
078	花莲印象
079	黄山日出
080	西藏诗篇
081	夜行列车
082	在扎什伦布寺偶遇十一世班禅额尔德尼
084	玛吉阿米
086	写给德吉拉姆的情诗
087	声　音
088	大昭寺
089	胡杨林
090	阿勒邱
091	像一个错误的词语或一枚虚词
092	意外以及不确定性
093	雨天游白马寺
094	夜游万泉河
096	西溪湿地公园

辑二　　身体剧场

099	身体剧场
100	雕　刻
101	一只鸟从城市的上空飞过
102	秘密的春天
103	花
104	跑步家
105	幻想家
106	不安之书
107	枯　荷
108	菩　萨
109	惊　蛰
111	火　焰
112	黄昏因为我观察河流上的船只而改变了形状
113	回　声
114	瘸　马
116	一匹马
117	河　流
118	如果以野兽来比喻自己
119	与时间书
121	突然说到了光

123	缺　口
124	与城市书
125	松　果
126	巨　石
127	风居住的街道
129	向上生长的墓碑
130	黑暗中的河流
132	悲伤的舌头
133	谁来安慰我心中的怪物
134	罪己书
136	他不再抱怨这个世界
137	春　山
139	春之祭
141	下午四点
142	仰　望
143	这一天
144	秘　密
145	锯木厂的秋天
146	岛　屿
147	阳光照在海面
148	小世界
149	虚度光阴

151	剩下的爱
153	记一个梦
155	逃跑路线
157	活着就要感谢
159	身体咒
160	殡仪馆
162	圣　人
163	一首诗歌逻辑能够自洽的诗
164	在流水上给你写一封信
165	两个高脚玻璃酒杯
166	酒鬼与圣徒
168	铁轨伸向天边
169	陪洛夫伉俪游石鼓书院
171	燕子山的下午
173	与大雁塔有关又无关
175	芒鞋和钵
177	伟大的姑娘们
178	金虎酒吧
179	秋日下午游黄河口遇雨
180	与马拉和徐林在书房里谈诗
182	浪　花
183	与余丛共饮

185	寂静的春天
186	命令天堂降低为街边一座小小的花园
187	万古流
188	面包山上的舞台剧
189	花朵与陨石
190	伤离别：送永峰之澳洲
192	阿依达
194	在病房与母亲谈写诗
195	与妻书
196	秋　夜
198	夏日黄昏与女儿在二龙山谈论桉树
200	有兔子的黄昏
201	献给坐在酒店大堂里的一位陌生女孩
202	与夜晚书
204	深夜咖啡馆
205	这是一个谜
206	亲爱的
207	酿　酒
209	后记　替万物言说它们自己的秘密

辑一　世界看见我

特鲁希略的黄昏

傍晚。暮色从矮矮的屋顶,从窄窄
的街道上空,从教堂的尖顶上,慢慢降下来——

我站在广场旅馆的门前抽烟。对面
一幢黄色的房子在暮色中宁静、悲悯
它的二楼废弃已久。

突然,一张脸
从一个破烂的窗口冒出
抽搐着……嘴里发出怪异的叫声。

明天清晨,我将离开这座小城
它留给我的最后印象竟如此
偶然,强烈!

我喜欢这偶然
它有着迷人的真实。

沙滩上的名字

在科巴卡巴纳沙滩上
一笔一画写下你的名字。

只一会儿,它就被海浪抹平。
那会儿,我在想你!

阳光在你的名字上闪了一下
像我突然亲吻了你。

在因特拉肯放出心中的鹤

如果注定有一天
要客死他乡,
就选一个因特拉肯这样的小镇。
每天,推开窗户,
看见白雪皑皑的阿尔卑斯山脉
宁静、肃穆!

此时,该后悔就后悔吧!
半生羁旅:该掏出匕首时,
没有掏出匕首;
该提起笔时,却举起了酒杯。
在生活的重轭下,
智慧和勇气皆严重磨损。

——每一种苟且都有一万种理由。
不如放出心中的鹤,看它
飞过湖泊、山脉、厌倦和眷恋……
飞进痛苦的内部,飞进

雪的苍茫和哀伤,树的愤慨与无奈
——没人知道一场雪就是一首受伤的诗。

我捡起一只
不知从何处飞来的纸鹤,
笨拙地跑起来,
使劲把它掷出去——
原谅我,我知道我的动作蹩脚极了。

坐火车从库斯科到马丘比丘

清晨的小火车站,有着磐石的重量
一辆蓝皮火车仿佛神的使者
E 车厢:疲惫肉体暂时的容器
一个人的孤独
附体在安第斯山上飞翔的鹰身上

行至半途,谁开始朗诵《马丘比丘之巅》
接着,第二人,第三人
也开始朗诵,男声夹杂女声
空气中弥漫着梦的气味
玉米的香味。想到

我们从各自纷飞的路上
相聚在这节车厢里
这是多么温暖的事情
想到
我们将在马丘比丘的废墟上
朗诵《马丘比丘之巅》

这是多么浪漫的事情

我们始终没有谈论内心的黑暗
和即将到来的分别

在巴列霍公园朗诵情诗

这注定是被诗歌淹没的夜晚
继而,被词语淹没
被汹涌的情感淹没,被自己
淹没。一切都那么突然
太平洋猛烈的风
让一个人瞬间
扩大了他的半径
灯光是一个魔术师,它
制造了一个迷幻的舞台
小喷泉激越地喷着欢乐
路过的风也停下脚步
打探摇晃的树枝
在向谁致敬

给一条河流命名

当我第一次给这条河流命名
又一次次写到它的时候
这条河流已经属于我了
我通过凝视这条河来凝视自己

没有比在闲适的时候
翻阅一条河流
更让人动心的事情了
我时而微笑,时而流下泪水

把一首诗像一颗钉子揳入时间
钉住一段往事,无疑是困难的
时间已经被河流带向远方
欢快或者呜咽着

时间的暗河里有闪电的音符

青橄榄的谦逊,错过
夏天的笑脸。
粗糙的手指抚摸瘦削的命运,
已经逝去的许多东西并不适合回忆,
试图说出的真相永远无法说出,但
时间的暗河里有闪电的音符。
远方,仍旧烟雾缭绕。
体内的道路弯曲,
我总在转弯处看见:什么在闪光?
勤劳的蜜蜂不停地嗡嗡嗡,
一切仿佛都是徒劳,但嗡嗡声
是不是在浓雾中擦亮了一个早晨,
嗡嗡声本身难道不是一份礼物?
不要问我,如何在寂寞的旅途上
做一个热烈的旅人,
在辽阔的海面上拥抱身边的人。
在卢森堡想起一个人,悲欣如风。
也许命运拿走的,已经
以另一种形式偿还。

在圣保罗艺术馆邂逅凡·高

一条光影斑驳

泥泞的小路

普罗旺斯阿尔的下午

阳光如向日葵

一垄一垄

向我涌来

一个人在尖叫,阳光的波涛

猛烈拍击我的胸膛

太阳的血

灌进向日葵里

滴着鲜血的小路

一个人悒悒而行

他怀揣向日葵

金黄的钥匙

圣保罗教堂广场上的鸽子

迈着细碎的步子,不紧不慢
在圣保罗广场上散步的鸽子
没有因为我们的到来而惊慌
流浪汉、小偷和抢劫犯
也没有惊吓到它们
它们甚至懒得看一眼:懒散的、匆忙的……
黑皮肤的、白皮肤的、黄皮肤的……
形色各异的人

可以肯定,广场上的任何一只鸽子都不是
从毕加索的画里飞出来的
也不是为了打探谁的秘密
它们只是一只只普通的鸽子
像被暮色装饰过的我们
把喜悦藏在细碎的步子里

下雨的巴黎

我将死于巴黎,在雨天。
　　　　　——塞萨尔·巴列霍

第一次到巴黎
是一个雨天
你说好来接我
我在机场等……
等了四个小时
四个小时的雨
下得天地同悲
——从此以后
再也没有
打通你的电话
——以后再来巴黎
巴黎都下雨

星期日游巴黎圣母院

高峻的穹顶没有天堂高
从下面走过的人,脚步都很轻。
着白袍的神父,穿红衣的主教
诵唱的声音在教堂里回荡
像上帝的声音。游客会认为
穹顶的高度就是天堂的高度吗?
古朴典雅的花窗上,阳光一闪一闪
孤独藏在精致的花纹里。
在扑闪的红烛前,轻轻合上
眼睛,内心的铁钉刺破了什么?
时间停顿那一刻,感觉自己
像塞纳河里的一条鱼,尾鳍上
光在闪耀。已经有些日子
曾经坚信的东西正在瓦解——
敲钟人饥饿的钟声
轻轻拍打我在记忆中跳跃的灵魂。

在阿赫玛托娃故居

秋天已旧,像一件
打满补丁的白衬衣。
和布罗茨基坐在透明塑料椅子上
谈音调和音准,
谈"游手好闲罪"……
哈哈哈笑了!
阿赫玛托娃在墙上也笑出声来。

这是圣彼得堡深秋的一个下午,
舌尖下的狂风慢慢熄灭。
万里之外的中山却狂风肆虐,
一个开小货车的司机,
在台风里被生活压死。
《小于一》和《从 0 到 1》,
书架上的芳邻
稀罕地友好,互相取暖。

窗外下雨了,

花园里的布罗茨基
在风中,在树枝上
零乱地微笑着。
二楼的诗歌朗诵会开始了,
有人压低嗓音喊我,
缓慢起身——我迷恋
此刻的寂静。

在开往圣彼得堡的火车上读曼德尔施塔姆

火车像一颗缓慢的子弹
射向那些倒退的思想。
悲悯的冷风收留了弹壳,仿佛
圣彼得堡城墙,收留了忧伤的眼睛。

涅瓦河里游弋的弹片和死者的声音
弥漫着火药和苦艾草的味道。
松弛的旅途有紧张的内心,我焦虑
大地上的事情,也焦虑天空中的事情。

啜饮漫漫长夜如啜饮伏特加,
天才诗人病死他乡。我羡慕
他用苦难喂养的人生,并为他的苦难
着迷。但我从来不想拥有苦难。

我低头哈腰穿梭于办公楼和酒店,甘愿
服人间苦役,啜饮古老的毒药如啜饮茅台。
像风,在苇草尖上悲鸣,
像挽歌,在等待收尸人。

阳光荒凉

— — 给曼德尔施塔姆

曾经形容一个画家的画
像秋天：肃穆、荒芜
曾经形容秋天丰收后的原野
如母亲干瘪的乳房
这时候，一阵风
从我的心底起身
穿过涅瓦大街
像穿过一条空空的
锈迹斑斑的长廊
这时候，想起
一个人的命运
阳光显得如此荒凉

布拉格

九月,布拉格湿漉漉
木偶女巫身上没拧干的
白衬衣。去年我准备了一个
装了一条河流的笔记本
去接它的雨水。迟疑的手指
翻阅着它缓慢的无轨电车、鹅卵石的街道
尖顶的教堂……翻阅了伏尔塔瓦河
……和街道旁古老的煤气灯

继续翻阅:一个城市的内心
一个国家的良心,以及
一些生命的重量
翻阅一些诗句之时,雨水
已经下到中国一座小城
如注:从各种混浊中,涌出
黑暗的水——汹涌着——包围
喘息的平庸,我爬上一支
刻满雷电的啫喱笔朝布拉格逃去——

布拉格雨水太少,湿漉漉
只是脑海里自然生成的图像
布拉格没有——没有——雨水的故事
阳光给所有的事物装上明亮的封面
而我的笔底,一只黑鸟咬紧闪电
假设的果实跳进一片秘密的海水
果实上的颂歌幻为一张废纸

我喉咙里的猛虎
就要跳出来——

在布拉格寻找卡夫卡

旅游纪念品商店里卡夫卡随处可见,
但都不是我要寻找的卡夫卡。
在约瑟夫城旧犹太人墓园里寻找卡夫卡,
一只无头苍蝇到处嗡嗡嗡……
略懂中文的金发美女告诉我:
你应该去黄金巷 22 号。
在蓝色的卡夫卡书店逗留了几分钟,
这里也没有我要寻找的卡夫卡,
甲虫偷走我的钱包。
打车去郊区的新犹太人墓园,
到达时已黄昏,铁门紧锁,
巨大的笼子锁住了卡夫卡。
一只冒烟的甲虫趴在铁栅栏上,
仿佛一粒灰尘趴在《变形记》里。
零星笛声中,一声鸦鸣
像闪电劈开黄昏的天空,
劈开昏睡的卡夫卡墓。
纸折的白花在我手中枯萎,
没有过分地悲伤,每天我都在练习放弃。

甲 虫

向上的旋梯上,我
和一只甲虫,轻声交谈
谈到物质的蜜时
甚至舔了一下嘴唇
谈到农药,喉咙里的猛虎
随着喉结上下蹿动
旋梯口的地板上,大妞与二妞
在玩石头剪刀布的游戏
二妞突然从背后拿出一把玩具斧头
砍向大妞的布
两人都大哭起来……
——反复出现的梦境中
我变成一只甲虫

米兰·昆德拉的早晨或黄昏

露珠里晃动的早晨
世界在它的反光里
摇摇欲坠，尖叫的草茎
让埋头赶路的人满怀羞愧

梦里的早晨还没出现
必须加快脚步前行
许多生活的秘密被踩在脚下
赶路人仿佛一个快要燃烧完的稻草人

——渴望变得柔软、多汁
却慢慢变成一堆灰烬
黄昏，他眼睛里灰白的暮色
振翅去寻找被时代篡改的身体

——失踪的人，你会不会
在次第亮起的灯光里回家？

圣彼得大教堂

走在圆顶穹隆之下,我并不是我,
是一只蝴蝶。从落满灰尘的
书本里飞出来,但也不是庄周的蝴蝶,
——绝望银行里愤怒的蝴蝶。

它不服从绝望银行的最高秩序,
也不服从内心,它骄傲、孤独……
却只有无能的力量。它需要一只手
校正生命的方向,需要神秘的力量
分担悲伤——什么已然存在,不需要说出。

死亡正以合适的速度,通过
陡峭的心空,仪器上心电图正常跳动,
我忖度也许我还没有资格迎接忏悔。
侧转身看见:八岁的小女儿
从大拱形圆顶下跑过,像天使
慢慢张开她的翅膀……

蒙娜丽莎的微笑

那个佛罗伦萨阿诺河边的女孩,
那个弥漫着故乡气味的女孩,
名字叫作丽莎·格拉迪尼,她的微笑,
一段无法消化的记忆。
神秘的微笑。一个淡紫色的梦。
她的微笑里藏匿着老虎、狮子、
大象、长颈鹿、鳄鱼和河流。
她的梦。一座生生不息的森林。
晨曦和夕阳从她的眸子里升起和熄灭,
黑色的鸟在白和黑里孤独地飞来飞去,
飞出人生哲学的意味。我们以为
自己比别人懂得更多人生的秘密,
以为自己真理在握,以为只有自己
才读懂了蒙娜丽莎的微笑,可是
凭我的直觉,那真的只是我们以为。

66 号公路

响尾蛇尾巴上的喇叭声
在汽车和摩托车的轰鸣声中
可以忽略不计；
汽车和摩托车的轰鸣声
与梦跳动的声音相比
也可以忽略不计。
金子的鸣叫比云雀的叫声更加美妙，
加速。加速。加速——
酒吧、汽车旅馆、商品、摇滚都在加速。
速度是一种毒品，比慢更甚。
风吹动一望无垠的沙漠，
吹动尘沙飞扬的欲望——
战士般的树丫身穿墨绿的军装，
并不介意遮天蔽日的灰尘，
夜以继日地在公路两旁鼓掌。
胆小的响尾蛇虚张声势，
仿佛也在欢呼。公路
长出黝黑粗壮的翅膀，

驭着彩色的、高矮胖瘦不一的梦
以锐角的形式飞翔。
乌鸦像鹰在湛蓝的天空翱翔,
我以摇滚的节奏轰着油门,
在一条被施了魔法的公路上
用二十只车轮奔驰。
自由的速度就是飞翔,
过去无法复制,现实或可预设。
我在轰鸣声中电流不断变强,
接通了莫哈比沙漠地底下
涌动的原始力量,新生命
喷涌而出——

在十七英里[1]与一只鹈鹕对望

中午沿着海边漫步,

走着走着就到了十七英里。

黝青色的岛屿上,风有点腥。

肥胖的海狮摇摆着身体,

憨厚地表示友好……

海边的礁石上,一只鹈鹕

站在上面发呆。我小心翼翼

在离它一米远的礁石上

坐下来。它看着我,我看着它。

没有尝试再靠近,

——舒服,是世界上最美的距离。

又有几只鹈鹕,落在

我身旁的礁石上……

两只肥胖的小松鼠

---

1. 十七英里:美国加利福尼亚州的太平洋格罗夫门到圆石滩的一条海滨景观大道,长约十七英里,由此得名,是美国著名的风景区。

不慌不忙地从我身边走过……
阳光像燃烧的雨
落在我身前和身后。

神秘时刻

充满创意的魔术师永不疲倦。
二十一点以后,仍然不停地变换
天空中的布景。少女峰变脸的技巧
与川剧变脸大师相比也毫不逊色,
我因为迷恋而成为她的囚徒。

满天繁星就是在这里死去的人的灵魂。
天空像一面镜子,却也只能照见
自己希望看见的那部分,
——人生的未知永远在未知中。

翻看一生的画册如观看一部默片:
站在聚光灯下的时刻,跌倒在泥土里
的时刻,没有本质上的不同。
莫名其妙成为别人的敌人,必然
成为宇宙的囚徒,也不值得
暴跳如雷或者坠入忧伤。

雪山与天空就像神秘的经书，
微风绿色的手指寂静地
翻动雪的书页……这神秘的
时刻，我好像参与其中……
我经历内心的冒险，感觉
死了一次又重新活了一次。

不知霍金仰望星空时想些什么？
他坐在轮椅上与我端着酒杯
站在阳台上，指向的意义有何不同？
莫非都指向了但丁的命运？

他因仰望星空成为星空，
我因仰望星空成为我自己。
我情不自禁地向着星空举起酒杯，
隔壁阳台上的欧洲老妇人
也微笑着朝我举起酒杯。

帕米尔的雪

雪,似烟灰

簌簌,而下

远处的罂粟花

如烟花

璀璨

你走了那么多年

消失在帕米尔的雪中

而我依然记得

一个雨天

雨顺着你的脸颊

流下

仿佛雪在融化

而你却像一支冰激凌

化在阳光里

我除了

拿一片纸巾

擦去

嘴角的

奶油

不知道

做什么好

马丘比丘的雨

眼泪是悲伤的,还是幸福的?
王在自己的故事里是导演,还是演员?

午寐中醒来,打了一个哈欠,
伸了一个懒腰之后,会不会特别无聊?

骤然而至的雨难道是一个恶作剧?
在急促的脚步声中,谁暂时丢掉了腻味的优雅?

两座孤独的城堡在轰鸣。石头中沉睡的
灵魂,在雨中苏醒,体内的黄河和长江也醒来。

轻佻的玩笑,是雨的注脚;清晨的小火车站
和傍晚的雨是一场戏的不同道具。

短暂的快感和长久的痛,两种主义在心里打架。
一个偶患流感的词语赤脚蹚过情感的激流。

乐队奏响了欢快而忧伤的曲子。
一场暴雨……千军万马飞驰而过——

留下一地怅惘,留下王的庭院,和他的美人。
怅然四望,他们是哪块石头哪堆泥土?

另一些石头和泥土在时间的长河中化作了水逃逸。
沉默的大地接收了所有的过程和结果。

所有言不由衷的感叹、硬写的诗篇不及路旁一株
流泪的树动人,它伸出颤抖的手抹干黑色的眼泪。

雨停后,又是谁仔细地把所有的一切折好,
夹在记忆里——熨干——捆扎——

夜晚,站在库斯科的街头

站在陌生的街头,汽车
像乌鲁班巴河的河水般流过。
陌生的脸。暗中的花朵。
眼睛里奇异的电流
接通安第斯山脉的地火。

春夏两个神刚刚完成交接,
一切都好像在无序和慌乱中。
神在早晨打开冷柜,中午
把火热的太阳挂在天上;
寒风瑟瑟的夜晚,神
没有大发慈悲,也许
忘记了把白天吸收的热量
馈赠给陌生的旅人。它是想
把它们埋藏在身体里
转化成神性之光吗?

稀薄的氧气和疲惫的身体

命令我们：放轻、放缓自己的脚步。
远道而来的中国思想，抛弃了
中式美学，反而跑得更快，
像一道闪电撕裂肉体，
并在肉体无法抵达的地方抒情。

——远处，山坡上灯光如繁星。
灯光下有我未知的一切。

黑暗中的海

每次看见黑暗中的海
我都会产生一种肃穆的感觉
我不知道：是被它的沉默征服
还是慑于它狂暴的力量？

致卡布拉尔[1]

你张开双臂
拥抱了大西洋的风,
拥抱了海底沉船
的骨骸,还有
黄金和红木。

卡布拉尔,我从风暴眼里走来,
是桀骜不驯的风暴,
却臣服于你忧郁的眼神。
卡布拉尔,我梦想拥有一切,
又害怕一无所有。

卡布拉尔,卡布拉尔
站在你的雕像下,我想
我一定是为着什么
才来到你的身边。

---

1. 卡布拉尔:葡萄牙探险家,被普遍认为是最早到达巴西的欧洲人。

浅草寺

没有钟声的寺
似乎少了点什么
没有心事重重的木鱼声
荒草便有些茫然
抽签声,木屐声,鼎沸的人声
各怀心事
弹片般的鸦鸣
隐含巨大的信息
我快步进寺
双手合十站在神像前
合眼闭嘴
心里翻滚的欲望
仍然从脑袋的每一个毛孔
冲出来——
我再三请求神出手
神不言不语
我不好意思在神像前站太久
往一个人工池子里

丢了几枚硬币

赶紧逃出

浅草寺

在横滨贞理院坐禅

千年榕树下的早晨,饱含
汁液。一行人鱼贯而入
在一炷香里坐定。
龟野哲也住持的戒尺
打在肩上,却把魂魄里的
乔布斯打出来了
淡然坐在我的背面。
……轻烟般的手
把身体里的插座、琐事、烦恼
一件件丢弃
心里的妄念,如烟——
身体是灵魂的容器。
我怎样倒空,如何擦拭?
空灵中,蝉鸣和苍翠的绿
悄然流满禅院。
住持轻轻敲击的钟声
仿佛来自遥远的长安。

茑屋书店

如果把去代官山茑屋书店
形容成朝圣，我肯定没有意见。
茶余饭后，偶尔会谈到《知的资本论》，
知识碾压的痛苦是唯一美妙的痛苦。
如果不是在此时此刻，在时间的
涟漪里晕眩，我也许不会认可：
"唯有设计师方能生存"。
每次东京之行都会前往茑屋书店
体验时间的剩余价值。想来好笑：
我是用快去寻找慢。原以为
增田先生做的是经营慢的生意，他说：
"如果你懂得了什么叫经营用户，
也许你就理解了新零售"。
在一杯热气腾腾的咖啡端上来的时候，
一个有点苦有点甜的答案也被端上来。

美好的早晨

推开窗户,一池湖水
弹入眼眶。
倏尔,一只、两只、三只鸽子
飞临窗台,飞进房间。
站在洁白的床单上东张西望,
它的脚旁,是一本诗集,
我刚刚读到悲伤这一页,联想到
朋友圈的汽油弹、匕首、催泪弹
和遗书……沉默的压力和耻辱
像黑夜里压抑的抽泣声。
……顺着咕咕咕的声音望过去,
湖面上,鸽子遮天蔽日。
这些斋浦尔的鸽子
笨拙,安详,自得……

多么美好的早晨,
让我差点忘记
人世间的所有苦难。

飞翔的子夜里藏着时间的秘密

并不是每一次碰杯
都是梦破碎的声音[1]

新德里的碰杯声里分娩出钻木取火的声音
未完成的声音消失于夜晚挽起的黑色衬衫

七只普通的玻璃酒杯像迷宫藏着时间的秘密
被囚禁的沧海与桑田里,游弋一群四只翅膀的飞鸟

他们想从远方榨取出饱含汁液的诗,遥远的成熟燃起双
  重火焰
墙壁上的镜子里盛开古旧的玫瑰,隐约的光安静地坐在
  旁边

窗外街道上驶过的汽车正在运走
一个夜晚的黑暗和焦虑,失眠的小眼睛闪亮

---

1. 源自北岛《波兰来客》一诗。

科纳拉克太阳神庙

我朝拜过许多太阳神,
科纳拉克的太阳神肯定不是最后一个。

马丘比丘的太阳神曾在一个阴雨天附体
在我身上,我每天要与十万个恶魔搏斗,
像一个疲惫的帝国,心里的千军万马
在泥泞中行军。在落日的余晖中我像
一支队伍开进太阳神庙,希望
神在每一个士兵心中种一个太阳
——一个又一个太阳都在黑夜里夭折。

艰难的人世,一小片黑暗就可以将人
掩埋,如果湿婆张开他的第三只眼睛呢?
怀揣不安,在科纳拉克,我寻找什么?
太阳神苏利耶的七匹战马在暮色中扬鬃,
几个时髦的中国女人在壁画前窃窃私语:
"这是一个坏神,一点都不尊重女性……"
估计神听见了,以几声凄厉的鸦鸣作答。

而他巨大的车轮再也不能滚动,不能碾碎
科纳拉克村的黄昏,也不能碾碎
游人的闲言碎语。虽然风雨侵蚀过的石头
仍然残存神的威严,但实际已经沦为
游人照片里的背景,我把耳朵贴在石头上,
听见战马在石头里喘息,听见逝去的帝国在喘息。

夕阳中的太阳神庙正在修葺,鸽子和乌鸦
在碧绿的草地上踱步,我停止沉思和遐想,
必须赶在神庙关闭之前拍照留念,今生
我们虽然还同在一个落日下,但是当我
在中山的夕光中想起科纳拉克神庙时,我已不是我。

终于到了回头看暮色中的太阳神庙的时候,
它就像一座孤岛在我的眼波中荡漾,——多少人
想在时间的水面上写下不朽,最终都徒劳无功。

在加尔各答梦见泰戈尔

疲惫的肉体已经没有耐心等待圣者的降临
耷拉的眼皮要把他的光关进一间黑屋子里

尽力睁开眼睛,看到一团模糊的光
以为是幻觉,再奋力撑开眼睛,还是看到一团光

第三次睁开眼睛,光消失了……

沉沉睡去,梦里泰戈尔骑着一头大象
行走在恒河的水面上……

车过恒河

车经过恒河,是加尔各答下午两点,
这时:阳光给河面镀上金色,给大巴车
也镀上金色,车里的人都金光闪闪。

恒河就像一只金色的浴盆,一大群人
披着金光沐浴在恒河里:有男有女,
有年轻人,有老人,还有小儿。
有人穿着衣服,有人光着屁股。
有人在河边撒尿,有人捧起水就喝……

混乱的场面,与背后鳞次栉比的高楼
形成一种巨大的张力,仿佛
一幅印度《清明上河图》,笑声
击起的浪花就是恒河的欢呼。

关于鸽子的修辞

第一次被成群结队的鸽子
震撼,在巴西圣保罗的教堂前;
第二次在埃菲尔铁塔前的草坪上。
坐在一群鸽子中间,忽然
想起多多的诗句:
"鸽群像铁屑散落"
在阿姆斯特丹市府广场。
罗马斗兽场,以及
柏林墙前的鸽子
经常在我心里,像
平庸的诗句一样乱飞。
只有前两次,我写下了讶异。
在孟买斋浦尔阿格拉新德里加尔各答,
我看见更多的鸽子,
乌鸦一样多——没有诗。
徜徉在泰姬陵前,
我突然想起:第一次
写鸽子,是写一个女孩,

某天晚上,她像鸽子
停在我的臂膀上。

在斋浦尔大街上散步的牛

在斋浦尔的大街上
经常会遇到悠闲散步的牛
不肥胖也不彪悍
很有风度的精瘦
无视行人
无视汽车
像在王宫的庭院里
踱步的国王
从容,优雅
好像世界上
没有战争、饥饿、竞争、焦虑
我突然想:它们
是从陶渊明的诗
还是从加里·斯奈德的诗里
走出来的呢?
没有答案,但可以肯定的是
它们踱进了我的诗里
不,它们本来就是一首首诗

甘地陵园的黄昏

黄昏的气息适合冥想
两腿盘起,坐在一棵不知名的常青树下
变成智者:两眼紧闭,双手合十
为了看见天空中飘扬的经卷

暮色像金色的雨从头顶落到脚趾

天空中密布翱翔的乌鸦
成群结队飞进我的脑海里嬉戏
我的身体慢慢变轻、上升
像一朵白云飘在鸦群中

我仿佛看见自己是一篇长长的祷告文

如果冥想也会迷路,乌鸦
就不会因为一件烦心事铁屑般坠落
吉祥的印度神鸟
就不会又变成了中国乌鸦

特蕾莎修女

好像足够虔诚了!
匍匐在你的脚下,
手伸向你胸前的花环,不是想要
鲜花和掌声,而是希望再次获得爱的能力。

曾经,一场暴风摧毁了我的过去。
仁爱的火种深入山区和贫寒之地:爱点燃爱。
而爱的火焰偶尔灼伤自己,但不像今天
你突然把我灼伤,——灵魂的触电?

揣着你的照片走出仁爱之家时,翻看手机里的照片,
自己多像一个演员,镜头下的下跪像拙劣的表演。
而你,仍然慈爱地看着我,轻柔地摸着我的头,
我忐忑地摸了摸你的手,心中的羞愧渐渐熄灭。

爱是万物的骨头——走出巷口,
我听到心里骨头拔节的声音
盖过了街上嘈杂的喇叭声。
加尔各答知不知道它变重了许多?

他原谅了世界对他的冒犯

今夜,他是另一个人,
喝酒,不写诗。
不能抵抗寒冷,也不能
抵抗黑暗和劣质生活的入侵。
酒后,坐在山脚下的草地上发呆,
弯曲的天空下,命运俯下身来,
安静的群山不动声色地铺展——
他成为群山的一部分。
在隐秘的洗礼中,
他原谅了世界对他的冒犯。

无论睡在哪里都是睡在夜里

白色的蒙古包

像一朵雪莲开在草地上。

劳累了一天,

两个开车的人睡了,

三个斗地主的人睡了,

四五个酩酊大醉的人也睡了。

我拉灭了灯,

闭上眼睛坐在黑暗里,

看见许多白天没有看见的东西。

大地阒然无声,突然

不知谁像朗诵诗歌般

说了一句梦话:

"无论睡在哪里都是睡在夜里。"

夜宿山村

我想我一定是忽略了什么——

夜晚的蝉鸣
窗外的雨声
门口的犬吠
心里徘徊的风
浑浊的眸子里驶过的洁白帆影
一个深夜坐在树下抽烟的人
内心的孤独

隔壁房间
鼾声如风暴
另一个人,在梦里
怅然披衣而起,望着
一望无际的黑暗……
隐秘的埋葬如细雨
潜入泥土

洱　海

水的容器，时间的
容器——历史的容器——
我不经意地滴入其中……
漾开的只是事物的倒影——颠倒的秩序。

几只黑鸟用圆舞曲的技法
在水面上来回飞翔，仿佛蓄意
制造某种氛围。而云卷云舒
耳朵里——波涛的舌头卷走灰暗的人民。

与大理书

在山光水色之间,躺下——
成为一把马头琴,或者月琴。
晨钟与暮鼓,以及
皱褶的旧月光从手指间泻出
神游:一个人慌张的内心。
热情的街道沦陷于物质的浮光,
暗处长出黑色的礁石、贝壳和海藻。
人心是经过词语修饰的大海,
——一个精致的泥塘。
我身体里藏有一个蔚蓝的大海,
调皮的波浪旁,
生活和梦想两只酒杯
清脆相碰,
两只酒杯里各有一个洱海。

突然的词

从一个词到另一个词
有无限可能：假设的灰椋鸟
清溪峡的微波，或者
大风洞的暗澜，出世天高云淡
入世惊涛拍岸

词与词之间
鲜花盛开却乱石飞渡
词与词在对峙中交融
突然的词，降临
在一个阳光訇然的下午

小河上一只白鹭飞过
和一个人的阴影

安静的修辞

出乎意料。谁居然安排

一只山楂鸟来为我的早晨伴奏。

躺在床上,看着它

它停止鸣叫,转动眼珠看着我。

把镜头推远:

群山轻纱半遮

更远处,一片雾海。

有人跑进雾中

有人从雾里跑出——

我和一只山楂鸟

看着晨光中的事物……

成为双河早晨

最安静的部分。

在清溪峡

一片树叶
像一滴雨
滴在一个偶然
经过的人的额头上
仿佛神,突然
拍了一下
他的脑门

鹿鸣湖

春天的早晨,我们驱车来到鹿鸣湖
道路两旁的花与树面容怠倦
露水沉重。挖开的公路上灰尘打着呵欠
从数字的包围中逃出来,我猜想
我会兴高采烈地写首诗,沿着
杂草丛生的湖边走了两圈,没有找到
梭罗在瓦尔登湖边漫步的感觉,也没有
真理在心里涌现。一笔过期没收回的货款
以及本月没有完成的销售任务
让风吹过树梢的沙沙声
像春天这台绿色发动机的噪音
无论春风多么慈悲,多么法力无边
它唤不醒沉睡的石头,也不能给我
捎来远方还未生成的好消息
去婺源拍油菜花的计划一拖再拖
一首计划写给春天的诗
还在忙碌的泥泞里跋涉
想起昨夜梦中在考试中手忙脚乱的自己

满脸羞赧。沿着湖堤走进一条无人的小径
突然想起某人，想起一些温暖的早晨和黄昏
浓密的树荫盖住了我心里的嘈杂
——春风从来不问：什么才是意义？

万山岛

晕眩。海洋号轮船犁开海的皮肤
开辟一条歧义丛生的航道。
我其实并不完全明白为什么
要从坚硬的日常生活中切下
一小块时间,难道这是一块肿瘤?
像一个逃亡的革命家,内心
汹涌着忐忑的喜悦,逃向一个岛。
头枕着海浪,想象
大海是一头猛兽,随即沮丧地发现
这是一个二流的比喻,
也许是三流,甚至不入流。
但我坚定地相信
粗陋里面有神秘的托付。
昏昏沉沉中,我想
一个人到底需要一个什么样的大海
而大海又需要一个什么样的观众或水手?
多少人因为迷恋虚构的大海
而葬身于体内无边的黑暗

——大海是一座敞开的坟墓。

在我的胡思乱想中,船已抵达万山岛。

抬眼一看,它像一个荒凉的教堂。

佛灵湖

早晨叽叽喳喳的鸟鸣
叫醒佛灵湖,叫醒
湖里的鳜鱼和水藻
叫醒湖边那棵秃树

成群结队的游人叽叽喳喳些什么
我才不管呢,我好奇一个小孩
怎么从湖的耳朵里牵出一匹光线的骏马
牵出几只鹭鸟
牵出一只又一只蜻蜓

他跌跌撞撞奔跑着
像一束光穿透森林的沉闷
鹭鸟和蜻蜓属于氛围组
卖力地表演蹩脚的圆舞曲

我武断地认为佛灵湖的耳朵
已经生锈很长一段时间

它每天只听见
打桩机、汽车以及各种机器的噪音

我对佛灵湖说
我保证让你与我一样
听见另一个声音
一个能穿透所有喧嚣和嘈杂的声音
至于那是一滴鸟鸣,还是一个单词
并不重要

冬夜凝视一座灯塔

不需要赋予它任何意义
它已经隐含了 N 层意义

我好像看见修建这座灯塔的人
暗蓝色的浪花溅湿了他的裤管
他可能不会想到有一天海水会淹灭灯塔

反复观察一座灯塔
它是港湾里一座普通的灯塔
与密茨凯维奇的灯塔、伍尔芙的灯塔无关

临街的门店大多数关闭
斑驳的卷闸门上写着招租的电话
——疫情之前这里还灯火辉煌

心底慢慢泛起伤感的浪花
一些人和事,明亮或者灰暗
都是生命的肥料

凝视一座灯塔

凝视：一个寒冷的冬夜

南京拜谒

下午。雨后。天空
伸出灰色之手,让我迷失于
白蒙蒙的雾中,一个人

一个中山人微笑着——端坐
紫金山数十年;一个新中山人
在时代的喧嚣里走神,投入

另一种喧嚣。带着扩音器的导游
喋喋不休,正史掺杂演义
脚下的麻石却不言不语

三条石梯,彦直先生的三个隐喻
向上只见石阶陡峭
向下看:一马平川

二百九十二级台阶并不太长,而
想着是踩着元老们的隐喻前行时

冷汗就冒了出来……

来到中山先生陵前,六棵日本松树
说了什么,又像什么也没有说
暮色冷冷,驱散熙熙攘攘的游人

怅然,沿着阶梯而下
两旁的松柏苍翠,滴下的
仿佛都是钟声——

梵净山之夜

佗寂张开双臂拥抱群山,
群山亦张开双臂环抱佗寂。
雾是夜晚的气态武士,
他们白袍白须在山中行走,
像歌声鼓荡。在夜的黑袍里
山风一次又一次尝试去牵雾的手,
距离却越来越远。
我离开聒躁的人群,一个人
站在山边的一棵香樟树下,
看到夜色如火鸟
穿过一幅鸟鸣山涧的水墨画。
我双手叉腰闭眼摇摆身体,试图
甩掉疫情、通胀、限电等等的烦恼与焦虑,
消耗中年多余的脂肪。
摇啊摇,把山林里的神摇到面前,
我打开身上所有的毛孔,
与诸神交流,时间流逝的声音
时而潺潺,时而轰轰隆隆……

梵净山：群山之心

高出山峰的是树枝，高出
树枝的是天光，
高出天光的是我和你：
在夜晚的伤口里纠缠、折磨、等待……
树枝的阴影在岁月的年轮里恍惚，
我在浓雾中贴地飞行，
你在树枝上拈花微笑，
灰喜鹊的眼睛里波浪翻滚。
群山用岩石的大手把我抓住，
抱在怀里，我仿佛回到母亲的襁褓中，
然后，我像悟空从石头里蹿出，
电闪雷鸣惊动了群山之心，
群山以轰隆隆的炸裂声回应。
千里之外的你，
梦里披衣坐起——
你一定以为你做了一个噩梦。
我突然吃吃笑了，我也不知道为什么。

从伶仃洋到毛洲岛

伶仃洋位于广东省珠江口
毛洲岛位于桂林市大圩镇
许多年前我与东荡子站在伶仃洋边
眺望大海,一匹大海朝我们眼里奔来
忽然心里就有了写一首诗的冲动
十几年过去了,东荡子早就跟他的马
"点了点头"……"拍了拍它颤动的肩膀"
去了遥远的远方:他的《暮年》
我仍然没有找到切入的角度
它的音调,我一直在寻找什么?
七八年前,与黄土路、楚人登毛洲岛
坐在原生态的农庄里喝酒吃鱼时
突然想写一首诗,一首归隐之诗
一个写滥了的题材
秋日的早晨,万物缄默如还没醒来的石头
我一个人坐在漓江边
毛洲岛就在眼前
像一份摊开等待签约的合同

海边的俚俚

从傍晚开始
我一直沿着环岛公路踽踽而行
大海里的浪花与我心里的浪花
激烈地碰撞，溅起
巨大的水花
淋湿了黄昏里众多哑默的事物
海边峥嵘的巨石
也被浪花溅湿
我心里的巨石躲闪着
躲过一片又一片的水花
终归要被一片水花打湿
为什么要躲闪呢？
用身体迎向咸湿的海浪
也许有一天可以从身体里
析出自己的盐粒

花莲印象

大海是一条巨鲸,
阳光下的脊背,闪着银光。

我更喜欢早晨和黄昏,
黄金像落叶铺在天上。

黄山日出

我知道我写不好这首诗
陈词滥调像办公室字纸篓里的废纸
我还是想尝试一下
写写太阳像珀伽索斯奔腾而出的样子
——白马般的青春过往
想想与你躺在山顶看日出
即使我们不拥抱在一起,也感觉
金色的阳光把我们包裹在一起

西藏诗篇

几个朋友相约
飞到西藏去自驾游
出发前,我便用想象
构筑了纸上的西藏
十天,我计划每天写一首诗
神奇的西藏果然仿佛巨大的宝藏
猛烈的阳光
如金针,扎向麻木的神经
前五天,每天一首诗如期而至
第六天开始
我突然厌恶起自己的腔调
对着电脑屏
每天删一首
离开西藏的那晚
我把出发前写的那首也删了
——西藏成为我个人的秘密

夜行列车

寂静的降落被傲慢的铁轨讥笑。
内心喧嚣如集市如明星演唱会。
凌晨三点,列车穿过可可西里,
闪电般,几只惊惶的藏羚羊从心底跑过。
包厢里的人都睡了,有人发出
酒鬼般的鼾声,有人孩子般梦呓。
窗外的大地像一幅被揉搓过的水墨画,
饱受蹂躏,却仍然很美。
旷野上饥饿的野狼,两眼
冒绿光,警惕地与不明事物对峙
那就是我,那就是我。想到
渺小如飞萤的我,还能仰望星空,
还能询问万物的秘密,一颗心
顿时如一个小蜜罐。车窗外
几颗冷寂的星子,无论哪一颗是我,
都不过是人类梦境的一部分。
绿皮火车像草原中一条快速逃跑的蛇……

在扎什伦布寺偶遇十一世班禅额尔德尼

许多年前我曾写到一个黄昏
我迷恋它宁静的力量
我还写到一个偶然的黄昏
我迷恋它的突然和真实
扎什伦布寺的黄昏
寂静、明亮,还有一些平淡
我用手机拍下巷子中
一个师父的背影
突然震撼于某种神秘的力量
我曾经仰视世界
也曾经俯视世界
当我平视这个世界时
在这个平淡的黄昏
在一条小小的巷子里
与十一世班禅额尔德尼
迎面相撞
我没有像信众一样下跪
只是往巷子边闪了闪

他胖胖的微笑

并没有金光闪闪

却有一种平静的力量

我也微微一笑

黄昏的灵魂

不为人觉察地抖颤了一下

玛吉阿米

有什么比爱情更重？
露水里升起的月亮姑娘
泪水里饱含着前世的忧伤
全部忧伤，沉甸甸的
压弯了我受伤的腰和发馊的思想
我腰里别着思念，佝偻前行——

哦，是谁在呼唤？
月光的碎银洒满爱情的小道
脚印：两只前，两只后
仿佛前世来生的方向
我匍匐在地亲吻大地
亲吻我的爱人

玛吉阿米，今夜
我就是你的新郎
可你却是别人的新娘
当我转过身，巨大的忧伤

注满天空和大地,以及
我的整个身体

写给德吉拉姆的情诗

发光的银器
在酥油茶的香气里
设下生命的密码
此起彼伏的调侃声中
谁把银器举过头顶？
它抬高了大地

问佛
我是否可以
把自己打造成
一件银器
盛满水和酒？

水是百药之王
酒是孤独之药
空空的皮囊里
一首诗
为谁顶罪？

声　音

我听到了，我听到了
在西藏，在青藏高原上
行走的每一个人
心里都涌动着一种声音
我不知道这声音的颜色
但我知道这声音
是红色的，蓝色的，白色的
是空灵的，是纯净的，是轻的
就如日常生活中
推开窗户
滴在窗棂上翠绿的鸟声

大昭寺

古老的寺庙里
众佛挨个坐着
他们都不说话

我脱下棒球帽,摘下墨镜
屏声静气,放轻
再放轻脚步

从金光闪闪的佛光中
从烟雾缭绕的香火中
走过,我看见:各式各样的时间

各种颜色的时间,从我的身边
流过,没有痕迹
像神不经意之间的短叹

胡杨林

一个荒凉的午后,我们
来到玉托让格原始胡杨林

绕过葱郁的胡杨树,相机和手机
对着已经死亡的、干枯的、形态各异的胡杨树
咔嚓、咔嚓:局部,整体,人与树,树与人……
为什么我们热爱的不是葱郁,而是荒凉?

——对于胡杨,死亡是生命的一种延续
——对于我们,生命是一场漫长的告别

我们来到胡杨林,又离开
——在一个荒凉的下午

阿勒邱

我突然停住脚步
因为被旧报纸上的一个名字
吸引，一个名字为什么
会从几千个汉字中蹦跳出来
这是神秘的事情
我无法也不想分辨
烹饪治疟故事的真假
这些年，我一直在抗拒
内心的怀疑
一个人总要相信点什么吧
晚上，信步走到一个饭店
抬头一看竟然是阿勒邱饭店
毫不犹豫地走了进去
——总有一些神秘无法解释
我接受它的暗示

像一个错误的词语或一枚虚词

疑似偶然,我像一个错误的词语
飘在了沱江的流水上。
我不知道为什么突然来到这里,
也许是高温让写字楼失去了优雅,
冒烟的数字像发射失败的火箭般坠落;
也许是干涸的心灵需要一场古典的大雨;
也许是心里一直匿藏着一个别处;
也许是女儿的短信:我想去凤凰。
高铁让距离不再是距离,
但美却没有大打折扣。
夜晚追随沱江岸边飞翔的"凤凰",
心在激光和灯光编织的梦境中
飞翔……心被光线越捆越紧……
大多数灯光熄灭以后,我
一个人坐在吊脚楼的阳台上,
像一枚虚词别在寂静的胸前,
悄悄焊接星空、流水、群山和虫鸣……

意外以及不确定性

入夜,沱江两岸的灯光次第亮起,
橘黄色的灯光像尘世里升起的梦。
我坐在临江的吊脚楼上读《边城》,
楼下乘船经过的游客突然兴奋地
挥手向我示意,齐声喊:你好!
我因为意外而惊慌失措,
捧在手中的书掉入沱江中。
又有新的游船经过,
他们用疑惑的眼神
看了看漂在水面上的书本,
又看了看坐在阳台窗前喝茶的我。
这时候女儿从屋里跑出来:
老爸我问你一个问题可以吗?
她的手里拿着一本精装的《边城》。

雨天游白马寺

我去过很多次白马寺,
有时是清晨,有时是傍晚。
晨光和落日余晖中的白马寺
有着不同的美。却没写一个字,
没听过神秘的钟声,这些片段
像美酒储藏在我心里发酵。
我翻阅过白马寺的历史,
白种人黄种人黑种人都来去匆匆,
只有白马寺仍然是白马寺。
今天细雨霏霏,我又来到白马寺,
只为找一个燃点,写一首诗。
我脱下鞋子闭上眼睛,
坐在佛前,希望在冥想中
听一下日本新年才会响起的钟声。
其实我在附近的酒店开会,
茶歇时,端着一杯咖啡
站在爬满雨脚的窗前,
幻想我在诗意的雨天游了一次白马寺,
并在白马的马背上翻了三两页经书。

夜游万泉河

五指山指缝里的风
撩起万泉河来似乎没有丝毫的羞涩。
昨夜的酒还恬不知耻地在肚里咕咕,
今夜是否要回魂已经是一个问题。
恍惚间,一群诗人在万泉河边
放起了词语的焰火——绚烂的虚无。
而我,任风从空洞的脑海里穿过,
回到昨夜。杯盏问:世界是我们的吗?
有人笑答:再喝几杯就是了。
而皇帝早已登船携青梅远去。
三色堇、胡茗茗、汪剑钊、大卫才不管这些,
毫不客气地把万泉河的所有风景,
包括多河传说中的遗址
都收藏进自己的诗歌博物馆。
我想来想去,没想到一句好诗,
也没有找到合适的嗓音,
倒是憋了一泡尿,
撒在万泉河边的草丛中。

实际上——我并没有游万泉河,
我只是坐在森林客栈的门前
发呆,用一支烟叼起万泉河上的星空。
思绪就是万泉河的浪花
打湿了夜游诗人的裤脚。
我下意识地缩了缩脚,用有道翻译
问土耳其诗人纽都然·杜门:
"什么时候到广东参加化城国际诗歌节?"
忙音。忙音。忙音。
想起客栈冯老板在朗诵会上
布置的作业:以万泉河为名写首同题诗
我倦意四起……枕着
万泉河哗哗的水声睡觉,
河水和鱼群,以及诗句
闻到我暴戾、孤独的气味
——统统——绕道而行。

西溪湿地公园

如果我说:
灵魂被禁锢太久了,
需要一把剪刀
剪除捆绑它的绳索,
是不是有些矫情?
十里芳菲的风
就像一把剪刀,
一支烟的工夫,
就把那个从青草里
晃荡出来的人脸上的愁容
修剪得干干净净。
小西老师的吴侬软语
也是一把剪刀,除了
剪除她心里的杂草,
还修剪了我心里的杂树,
枝枝丫丫都剪掉了。
一个打着绿色雨伞的人
仿佛一棵移动的树,
他的头发里藏着鸟鸣。

辑二 身体剧场

身体剧场

邀请桃树、梨树和柿子树,
邀请知了、蜻蜓和松鼠,
邀请花神、水神、树神和土地神,
邀请血管里的火焰与灰尘,
邀请我和经常与我打架的自己,
邀请十里范围内路过的灵魂,
邀请此时此刻的空间,
进入一个神奇的剧场:我的身体。
闭上眼睛:呼吸与大地的呼吸同频,
生命的密语,青草般汹涌——
身体里的奇迹已经余额不足,
一件蒙尘的乐器怯懦出场,
弹奏大地和天空之歌,没有比
不能听见自己内心的声音更要命的。

雕　刻

雕刻一个夜晚不比雕刻一个灵魂容易多少。
天使有时穿着魔鬼的外衣,而魔鬼
喜欢把自己打扮成天使。
语言的意外与生活的意外比邻而居,
一只灰喜鹊可能是一颗子弹,它飞过
午后的怠倦时,我身后的百荷图蛙声一片。
我偶尔会假装成其中一朵,偷窥它们
与天空和白云的倒影嬉戏。一个人
如果不再好奇,生命里的奇迹之火就会熄灭。
人生的魔盒里藏着火焰,打开却是灰烬,
哦,灰烬里还藏着火焰。一个人要翻开多少
灯光下的黑暗,才能看见光明的自己?
——雕刻一个夜晚像雕刻一粒灰烬。

一只鸟从城市的上空飞过

一只鸟从城市的上空飞过
在我的眼睛里投下它的影子

一块石头从我的头顶飞过
在我的心里投下它的影子

影子才是一只真正意义上的鸟
箭一般射向心中的疼痛

一个身负巨债的人[1]站在楼顶
眼巴巴看着它飞过远方的山冈

——这是秋天的最后一只鸟

---

1. 源自帕斯捷尔纳克:"我时刻感受到自己在同时代人面前负有一笔巨债。"

秘密的春天

本来不想告诉你
我心中有一个秘密的春天
它不叙事,也不议论,更不抒情
它只在我心中自由自在,莺飞草长

秘密的春天里有秘密的花朵开放
这些跳跃之火
轻松地越过命运的窄门
在浩荡的春风里开放
这些黑色的花朵,也学会深情地歌唱

——我挚爱这秘密的春天

花

"花"这个词,要轻轻说出
用一声或者二声
不然,一出口她就碎了
花一出生就是为了被呵护
"花"是个温暖的词
"花"是个幸福的词
你轻轻说出:花
花就会开满整个胸间
花香盈袖
春天的城堡瞬间建成
她,接收了这个季节所有的
忧伤

跑步家

跑步家从黑暗中

出发,跑向更深的黑暗

脚步越来越轻

跑成一束光

他喜欢光芒涌现的样子

跑步家

因焦虑而奔跑

左脚才从中年迈出

右脚已暮年

他要使劲跑

才能从暮年中跑出来——

幻想家

幻想家心里有一座秘密的岛屿,
岛屿上蔷薇遍野。
他骑着猛虎细嗅蔷薇,
月光如海水般汹涌……
猛虎想躺下成为渡船,
大海精准地翻了一个身。
它像一个忧伤的诗人
在海边来回踱步……
它感觉自己已经被"猛虎"这个词困住,
蔷薇以芬芳的速度死亡。
晨曦似暮光,猛虎终疲倦。
赶在下雨之前匆匆回到巍峨的庭院,
凝视大厅墙壁上恢宏的猛虎图,
脑海里浮现海边那个孤独的背影,
脸上露出不易觉察的微笑。
它将习惯且享受:每天
不紧不慢地在修剪整齐的花园里踱步,
精心维护"猛虎"这个词的威严。

不安之书

枯坐。窗前。
窗外骤雨初歇。
花瓣委屈地落满一地,
一个打着黑雨伞的行人
踩着花瓣
踅进一条小径,
他脚印里的影子吞没了我。
天青色等谁?自从
你偶然展翅飞过我心里的黑暗森林,
寂寞的种子开始发芽,
被风唤醒的情欲的春笋
一天就长到三尺高,
我担心它长到命运之外。
你约等于
忘记归路的烟雨,
飞翔的样子像水沫。
我知道有一种鸟没有脚,
我知道有的故事
就像没有脚的鸟。

枯 荷

心情不好的时候
就到野外的池塘边去看枯荷,
喜欢这种侘寂之美,它们
好像是春天的反对者。
风吹过,一朵枯荷伸出瘦小的手
去拉微风的衣袂,难道它想
像偶尔逗留的小鸟,飞离寂寞的
堆积着忧伤的池塘?
心情大好时,飞奔到野外去看枯荷。
残枝败叶中,一朵翠绿的小荷
像调皮的小孩在池塘里东张西望……
多么天真无邪的一朵小荷啊!
甚至不好意思把它比喻成
绿色的火焰,庸俗的希望。
一群在田野上放风筝的笑声,
心中的尖叫惊醒了枯荷
深埋于淤泥里的闪电。
——枯荷是春天等待破译的密电。

菩　萨

我的曾祖父是石匠

他整生都在雕一个菩萨

直到他死在石头旁

也没有雕出一个菩萨

我的祖父继续雕这个菩萨

他又死在石头旁

我的父亲没日没夜雕啊雕

菩萨在石头里呼之欲出

可是他意外地被飞来的石头

砸死，血流进了石头里

我从小听奶奶、姑姑和妈妈

讲石头和菩萨的故事

——我虽然不是石匠

但心里住着一个菩萨

惊　蛰

凌晨四点乘车赶往珠海机场，
路上刷屏，满屏都是《惊蛰》同题诗。
前几天，也有几个人约我写，
想到赵卡在一个群里说过
同题诗都是屎，就毫不犹豫地婉拒了。
在飞机上打盹，恍恍惚惚想起：
大概有两个月没有写诗了。
平庸又忙碌的日子，性欲
也只是一个孤独的偏旁，何况诗？
内心的阴影杀死了兀自汹涌的灵感。
转瞬，心思就转到今天谈判的事情上，
命运之手在暗中转动着轮盘……
三个小时的谈判，气氛融洽得
让人怀疑，仿佛是一次假谈判。
握手道别时，有人问："你是一个诗人？"
脑海里弯曲的闪电告诉我：
"诗人"现在是个贬义词，但在我的心里
它仍然稳稳地坐在金字塔尖。

我没有丝毫的羞惭,坚定地点了点头。
凌晨,昏沉的铁鸟降落广州,
夜宵摊上我起开一瓶啤酒,
嘭的一声,仿佛春雷炸响,
泡沫兴奋地溢出瓶口,无数亡灵
在黑暗中四散开去……

火　焰

如果让我在这个世界上找一个喻体,
我会毫不犹豫地选择火焰。
我的肉体只有不断燃烧,化为灰烬,
才能完成自我救赎。希望
你读懂我燃烧时的战栗;
希望你读懂灰烬的密码。
我喜欢把时光丢进火焰中,
喜欢这种毁灭般的疼痛。
骨髓里的螺丝刀用火焰
固定了一个疲惫的灵魂,
请原谅卑微的肉体和它的脆弱
以及缺钙的灵魂拖动镣铐的钝响;
请在灰烬中擦干眼泪,
尘世的慰藉,一次失声恸哭?
复燃的火焰抵抗了某种虚无,
灵魂获得暂时的慰藉,
而火焰中损毁的爱会不会再回来?
囚徒的幸福卑微如灰烬,如沉默。
起风了,它就被吹散得无踪无影。

黄昏因为我观察河流上的船只而改变了形状

这个黄昏的形状不是落日和河流构成的——
它是由运沙船、轮渡、货轮、客轮、快艇
和大小渔船构成的,还有江边的水草和行人,
还有船只激起的浪花和小舟荡起的涟漪,还有
倚在饭店的栏杆边远眺——貌似无所事事,
实则心事重重的我构成的。铅色的天空上
盘旋着一只鹰——它的飞翔占领整个天空,
遮天蔽日的翅膀压得整个黄昏喘不过气来。
手机的取景框决定了我眼里黄昏的形状,
船只往来如梭,江水日夜奔流,我的内心
亦日夜奔腾着一条大江,比珠江更加恣肆。
大水大鱼的时代,没人驻足聆听泉水叮咚。
我像一条猎狗,等待即将到来的外商,
带来振奋人心的好消息,又担心他带来坏消息……

回 声

黑暗降临,巨大的玻璃
房子里,拥挤着空荡
我伫立在房子中间倾听穿堂而过的风

蝴蝶在亚马孙河的雨林中扇动翅膀
远山,松针簌簌而下

我听到自己的回声
一间充满回声的房子
房子即墓地,回声如墓志铭

谁在黑暗中端出烛台,啜饮黑夜?
谁伏在栏杆边,看硕鼠翩翩起舞?

谁?在回声中仰天长啸
时间将收割每一阵风
和风吹起的,每一片叶子

瘸　马

一件乐器从乐曲中奔出,跌倒在舞台上;
一匹瘸马从大雨中奔出,摔倒在我面前。
一匹受伤的动词,伤痛
未使它死亡却使它更加勇敢,
——它的眼睛里喷出火。

一匹瘸马。红色的鬃毛耸立,
寒风中奔跑的火焰。
越过关山、冷月和迷雾,越过
名声、黄金和美女
——在石头的内部,奔跑承载着一种命运。

大雨中,马蹄溅起水雾,
世界一片模糊。
摔倒在我面前的瘸马溅起时代的泥水,
弄脏我白纸上长出的花朵。
我的笔是一个十足的懦夫,
不敢画一轮太阳来挽救糟糕的心情。

而受伤的瘸马

眼里噙着黑色的泪水,嘴里发出闷雷般的低吼,

挣扎着站起来——

再次撒开腿奔跑,雨雾像它的翅膀,

像刀子切开——漆黑如长夜

泛着腐败气息的生活。

河流呜咽。群山无言。

一匹马

弥漫的雾,清晨的一件薄衫。

一匹马站在草原上
一动不动,
雕塑一样。

十几分钟以后,
它仍然一动不动,
像一匹假马。

一匹雕塑般的马
像一个黑洞,
吞噬了这个清晨。

河 流

我的身体里埋藏着两条河流
一条是灵魂的
还有一条也是灵魂的

一条向西
一条向东

向西的河流
静静流淌,秋天的湖水般沉静
微风吹过,溅不起一朵浪花

向东的河流,像脱了缰的野马
咆哮着,咆哮着……
自由,奔放,恣肆
四蹄下溅起无数朵浪花

如果以野兽来比喻自己

如果以野兽来比喻自己,就可能
获得自然界的神秘力量。

山坡上的野兽
撕咬、缠绵、喘息……

滚向松果散落一地的树林。

与时间书

生活需要仪式感:一个人
只有把时间当作礼物送给自己,
才能成为时间的朋友。
不是所有的时间都是礼物,
唯有经过雕刻的部分才是。
步入一个飘着秋雨的下午,
我看见:一小瓣时间
翻过长满青苔的院墙,
摔倒在一只老旧的青花瓷花瓶里,
鲜艳的三角梅花瓣散落一地。
谁发出一声惊叹:破碎有破碎的美。
也许我们心里都住着一个小捣蛋,
——因为破坏和破碎而惊喜。
院子里几个素淡的人
手里的茶盏晃荡了一下……
一截命运奋力从茶盏的这边
游向那边,——两盏茶的工夫,
品茶的人变成了另外的人。

——青砖墙上的枯黄的野草
不经意地看见了这一切。

突然说到了光

在某个词的十字路口,
我们突然说到了光。
——有点猝不及防。光
聚成一束,并没有
照亮雨中的道路。

说到光,我有点紧张,
口干舌燥。赶紧
抓起紫砂杯大口喝水,紧张
慢慢溶解在水里。
"哦,我们刚才说到哪里?"
我清了清嗓子,仿佛
重新界定地盘。

……旅途上有光闪耀
一些记忆,一些片段
就是光。——从黑暗中
盗取光,是一门古老的技艺。

而我只是一个偷光的孩子，
在漫长的旅途上
随光闪耀。

缺　口

K线图中的缺口，与我

有关。真空地带冥想的我

像一个代码，像一缕灵魂的轻烟

乔布斯的苹果，也有一个缺口

万事万物都不完美，缺口连着缺口

就像一条奔腾不息的河流

我是一块顽石还是一朵浪花

并不重要。我想

邀请图灵、牛顿和柏拉图

共度一个下午，我请求

坐在他们旁边，聆听他们谈话

……乌克兰是另一种缺口

被子弹打穿的肾

被炮弹击中的房屋

被导弹打趴的坦克

一个又一个缺口

像K线图中隐藏的秘密

与城市书

我的城市不属于社会学范畴,
它只跟我心里的秘密有关,
它是一块一块钢筋水泥的积木,
而且是长着黑色翅膀的积木,
白天它像汽车一样飞驰,
根本没有人想过:谁在暗中操纵?
到了夜晚,它就开始练习飞翔——
它的嘴里咀嚼"大数据""互联网""人工智能"等词语,
这些东西都是它在尘世的食粮,
它锋利的牙齿咬死了无数懵懂的飞鸟。
我向夜莺借了一对翅膀,
我在一个词语里笨拙地飞翔,
我乞求风不要偷走我的晨曦和暮色,
不要偷走我带电的词语,
我要用它们创造另一个城市。

松　果

秋日的下午，铁锤跟他爸爸
去了森林公园里的松树林，
他捡了一个小松果带到餐馆。
饭桌上的大人，除了他爸爸，
他只认识我，他拿着松果逗我玩，
我装作很痛地喊：不要拿狼牙棒打我，
他哈哈大笑……笑声传到三十年前，
我与一个人在松林里散步，
在一棵千年老树下，各捡了一个松果，
手拉着手，闭上眼睛郑重许下诺言
它炸裂之后，坠入混沌的日常生活，
只剩下几片碎屑漂浮在时间之河上。
那个下午寂静又美好。
那个松果一直放在我的书桌上，
深夜，灯光斜照在它上面，
阴影里的内容随着灯光变化而变化。
它是一个松果，它又不只是一个松果。

巨 石

许多个漫长的黑夜

我们喝得酩酊大醉

肉体安详如泥

灵魂像蝴蝶

飞升到异次元空间

记不起高谈阔论过什么

一点碎屑都没留下

时间的车轮经过的声音

像鸽哨，像琴音，像婴儿倔强的哭声

激动、亢奋、焦虑、悲伤……

火焰在身体里燃烧

只剩下一堆灰烬

被无形的手扬向天空

酒杯一次次相碰

清脆的声音里巨石在滚动

多少个漆黑的夜晚

沉默的人、雄辩的人带着谵妄和偏见

反复推动一块巨石

风居住的街道

我从一个故事或一个隐喻里走出来——
站在阳台上观察街道。
午饭后,晚饭后,或者子夜
熙熙攘攘的街道折射时代的光芒,
尤其是子夜,吃消夜的男男女女,
手挽手的情侣,站在街边
抽烟的姑娘,有怎样的欢喜与忧伤?
风在街道上散步、徘徊……
在城市的大动脉里生机勃勃地流动。
一月下旬以后,街道上的行人
一天一天减少,街道两旁的树
似乎也感染了病毒,耷拉着眼睑,
偶尔掉下一片叶子——那是一只蝙蝠?
餐馆睁着空洞的眼睛辨认病毒,
有时候,街道上空无一人,
岁月的监狱里影子猜测影子。
这时候,如果看见一个戴口罩的人
匆匆走过,就像我心底涌出的浪花,

我并不担心他被惊醒过来的街道吞噬。
如果街道上很长时间没有人，
我会披上黑色风衣到街口去张望，
看风是否会带来神灵。

向上生长的墓碑

三月退三张票的悲伤叠加
也没有四月退一张票来得猛烈
我坐在窗边
掏出体内涌动的垃圾
——不属于自己的部分
把自己伤得最深
把它们埋葬在一首诗里
滤掉它们携带的毒素
然后,涂掉坟墓上疯长的野草
在墓园的树枝上画上一些露水和鸟鸣
只能做这些了
停下笔,看见墓碑向上生长了少许
墓碑也是有生命的,这个发现
大大慰藉了我悲伤的心灵

黑暗中的河流

有时一个人,有时
两三个人,在黑暗中
观察一条河流。
看不清表情,反正
不怎么说话。偶尔
点一根烟,烟火明灭中,
淙淙流水以缓慢的语速,
传唤两岸的牛鬼蛇神
上堂,内心的公堂
是一座窗明几净的寺庙。此时:
如果风吹动树叶,掉出
几片忧伤,或者几个诗人,
也不必大惊小怪。
河水一遍又一遍
冲洗物价、贷款、偏见……
还有远方,河流两岸
林立的高楼被时间洗磨得
锋利如刀。从河堤上

跑过的人,喘息的声音
像这座城市的心跳。

悲伤的舌头

舌头被牙齿咬伤,美好的想象
被打破。疼痛的舌头
像一只受伤的牡蛎,一寸一寸
挪动它的怨怼。
唾沫星子如莲花,
瞬间即可建造一座通天塔,
对坚硬的牙齿却毫无办法。
它怎么也没想到,亲密无间的爱人
蜜罐里藏着尖刀。
天暗下来,一个邪恶的念头
闪过,它想用舌尖去舔剧毒,
它想咬舌自尽。在疼痛的战栗
和恐惧中,它尝试自己说服自己:
与牙齿和解。

谁来安慰我心中的怪物

我心里住着一个怪物,
对跪舔权力和金钱的人嗤之以鼻,
上蹿下跳就想从我身体里逃出去,
每次都被我狠狠摁回去。

他看不惯我,总想纠正我,
特别是当我站在台上演讲的时候。
他在我心里焦躁不安,走来走去
像一只饥饿的野兽。

隔一段时间,我会陪他喝喝酒,
喝到:两眼潮湿,内心的道路闪着金光。
周末,我们一起去跑步、爬山,喘息
随着汗水砸入泥土,一颗种子等待发芽。

让我心痛的是:疫情三年后,
本应该歌颂新的春天,
他却看起来非常疲倦,好像
提前用完了一生所有的力气。

罪己书

请原谅：我没有
把神从神龛里请出来，
把爱从生活的黑洞里挖出来，
把溺水的人从欲望之河里救出来，
没有——把自己从我中凿出来，
把灵魂妥帖地装进肉身。
活在人世间，仍然
像自己的陌生人，像祖国的陌生人。
好像拥有一个广场，但是
只配坐在角落里，观察群体狂欢。
这些年投入包括咳嗽的时间为荣耀征战，
随着滚滚人流向前，向前……
从来没有时间停下来思考：是否
还有另一种命运？
——我要多么幸运，才能够
在灵魂漏雨的夜晚，从喧嚣中抽身，
与三五朋友碰杯，谈论理想和真理；
与死者的亡灵清谈哲学、宗教和死亡，

这些大词就像我生命的骨头。

有时如猛虎,有时如闷驴;

有时晨钟有时暮鼓……

有时像夜明珠通体透明。

这些年,一直在时代战火纷飞的前线,

请原谅我在鏖战中逐渐感觉战斗的虚无。

人心和 GDP 的距离,无法

用词语丈量,我在角落里留了一个角落

疗伤,它能把灵魂从钢筋混凝土中救出来吗?

这些年:左冲右突,一事无成;

眼前是永不餍足的欲海,身后是虚荣的深渊;

心里的律法与 K 线图打得难分难解。

我写下的一个个字到底见证了什么,

内心一个声音说:写下就是命运。

这些年:不敢沉默,不敢发声,左右不是人;

这些年:在凯旋途中痛哭,在失败中举起酒杯。

他不再抱怨这个世界

某天清晨,他
在酒店里醒来,看见
万顷阳光,从江面上涌向自己,
鸥鸟在水面上
沉浸于自己的舞蹈。
傍晚,他独自倚在江边的栏杆上
看夕阳。晚霞中
老虎、狮子、大象和蚂蚁,
哦,还有诗歌!
依次从他心里走过,
偶然路过的清风抚慰了他的愤懑。
他感觉自己像一座森林,
虽然杂草丛生、虫豸横行,
但仍然生机勃勃……
一切都仿佛恰如其分!

春 山

尤其在雨天
着芒鞋，穿僧衣，打一把油纸伞
一人，或者三几人
在山间小路上
不疾不徐

几丛杜鹃从一片翠绿中探出头来
打招呼
红着脸，不说话
雨下得恰到好处
不大不小，不聒噪，不潦草

雨声中
几只窃窃私语的鸟儿
几个行人
慢慢
变绿

整座山林

更空了

春之祭

昨晚做了一个梦,梦见
自己带着命运的秘密
在水底潜行,身体上
长满优雅的青苔,
手上提着魔法箱,
醒了——在快要窒息的时候。

秘密的春天,寓言
是我唯一的行李,
曾经的狂想被现实生活
拆得七零八落……
人生半途,越来越羡慕
年少时的轻狂,而现在
活着似乎是为了让自己蒙羞。
这些年,梦已被现实锯成一块块墓碑。

不如:用雨水泪水和着尘埃
建筑一座房子,用阳光鲜花和幻想

装饰它的窗户,用笛声、月光和隐喻
做它的窗帘……至于钥匙,
就用一首软弱的诗吧!
——即便此刻它显得
如此憔悴和无力。

下午四点

下午四点
海底的钟声突然响起

沉睡在远山的鱼
跃出水面

一个人从密室里走出来
看了看天气,转身走向另一间密室

急促的警笛声让他
打了一个冷战

仰 望

每天早晨醒来,每天晚上临睡前
我都会站到阳台上仰望天空,
天空啊,多么高远,多么深邃,多么宽广。

一种神秘的力量蕴藏其中,
每天,我都获得新的启示。

我的白天,奔腾的内心和沸腾的时间
因此高远、深邃、宽广。
我的夜晚,睡眠的伤口和新生的梦
也因此高远、深邃、宽广。

这一天

这一天,阳光灿烂,
一只知更鸟
偏执地闭上了眼睛。

这一天,一个人
以玫瑰之名带着鲑鱼
去旅行,而且,永远不再回来。

这一天,像每一天,都将过去,
我和这个世界
貌似握手言和,实则势不两立。

秘 密

下午的钟声,老虎和镜子
构成他的生活。
他从镜中看到玫瑰,灵魂的影子以及命运之书。

他微微笑了一下,
像秋后惨白的阳光闪了一下。

锯木厂的秋天

郊外。天真的很蓝,云真的很白
锯木厂的屋顶野草长得真的茂盛

而秋天真的来了,秋风
在树梢上轻佻地吹着口哨

穿蓝衣服的锯木工手里握着一把电锯
马达轰鸣,锯末纷飞

马达的轰鸣覆盖了他内心的轰鸣
他看起来多么专注,多么幸福

岛　屿

曾经：有一个岛屿
彩虹般美丽
它的重量大于
一千个岛屿

当我划着小船
离开

它已不是
以前那个
岛屿

阳光照在海面

一艘船行驶在茫茫大海,
煦煦阳光照在海面。
左边是海,右边也是海;
前面是海,后面还是海。

一个人站在船头,
看着波光粼粼的大海,
像看着一面巨大的镜子,
又像看着一个流动的墓园。

无法修改的过去,
无法预知的未来,
像船舷边泛起的浪花。
阳光穿过粼粼波光,
穿透墓草的手掌。

墓园安宁。木偶微笑。

小世界

我的世界是一个小世界
只有我的家人、街坊和朋友
我居住的街道和两旁的杧果树
每一片树叶,以及
每一片树叶的闪光

我身边时光的消逝是缓慢的
我对世界的爱也是缓慢的——
不追求永恒,不放弃瞬间
我相信时间的每一个褶皱里
都藏着一个辽阔的世界

我从身边的事物中汲取微弱的光
并让微弱的光
消除内心的黑暗
顺便照亮我身边
那些需要照亮的人

虚度光阴

一匹如风的白色骏马
衔着一只飞鸟,在时光里
跑成一匹步履蹒跚的黑马,
它的喘息是梦的呻吟,是
命运的低语,路过的风
肃穆地站在暮色里
整理他的黑围巾。

荒芜的内心驮着
辽阔的大海,荒诞的脸
模拟阴晴不定的时代气候。
风吹动树梢上的笑容,吹动
树叶上的灰尘,灰尘在说话
——说出的是他对生活的意见。

不再谈论黑暗,不再
谈论秘密的秩序,
在动乱和混乱之间,

一点点把自己拨亮……
徐徐花香像梦里清脆的鸟鸣,
在黑暗乌黑的脖子上
钻石一样闪闪发亮。

剩下的爱

就像一碗饭吃到接近碗底
突然发现一块钟爱的扣肉
心里莫名兴奋和喜悦
却不敢贸然下筷
——这是一种莫名的情愫
复杂的现实生活
永远不是对与错那么简单
身体里闪烁的灯似要熄灭
谁徐徐吐出的烟圈
却把我暗示了进去
又在一个无名之地轻轻放下
一声叹息后惘然四顾
冬日暖阳以神的方式降临
死亡的琴弦奏响树叶的绝唱
它,受制于某种偏头痛
剩下的爱,留给孱弱的身体
和落满灰尘的灵魂
希望在一个下雨的黄昏

在街道的转角处,命运
突然出现另外一种转折

记一个梦

梦见一个亲人从十八层楼楼顶
坠落到地面；梦见一个无头人
裸体在大街上狂奔；梦见一个黑客
闯进手机盗走一个人毕生的秘密
梦见一块巨石从黑夜的斜坡上
滚下来；梦见一辆汽车
失控冲向深渊……突然飞起来
看见夹在门缝中的一只肥猫
看见一根焦黄的手指
在测试历史的风向
一个旁观者在分岔的道路面前
焦躁不安，他的影子冒着烟
通宵达旦以承诺下酒，掏心掏肺
给他身边的人做心理建设
仿佛他的职业是灵魂按摩师
他成了风中的一张纸片
纸片上的爱情一会儿是蜜饯
一会儿是毒药

对于变幻莫测的旅程

连他自己都不知道,是否

已经准备好足够的信心、勇气和假设

逃跑路线

探照灯不停地转动——
我趴在床上：苦思冥想
设计一条或者几条逃跑路线。
备好了必要的工具：
食品、水、汽车和钞票,
还有假设。家、办公室、城市……
皆为囚牢。看见某日
我在红木官帽椅和橙色真皮沙发上
慢慢腐烂……时针疯转……
散发恶臭的味道。
在这一天到来之前,
我至少应该找到一条
逃出现实生活的路线。
而物质的阳光和雨露
还在向我身上倾注,
霓虹灯拉着我的衣襟
要我必须留下来。我想:
把肉身和灵魂分开,

在不知不觉中离开,
又在不知不觉中返回。
反反复复的自我放逐中,
看见软弱的自己举着一把木剑,
与另一个自己不停地搏斗。

活着就要感谢

三次订票三次退票,生存的决心
还是败在了一个个红色的印章下。
鸟鸣唤醒的早晨散发着葡萄酒的芬芳,
太阳的光柱围成一个玻璃罩子,
天然一个舞台,我站在舞台的中央
用三十六页 PPT 描绘钞票如何飞向我们,
这是我苏醒以后的假设,其实我沮丧地
猫在办公室里想如何斩断地狱的舌头。
也许是被魔鬼攻占了内心,
我开始不停地咳嗽流涕。
服药后半躺在床上读米沃什的《礼物》,
读着读着就困了,半睡半醒中做了一个梦:
梦见自己在逛斯卡布罗集市,
一眼相中了一件黄色的西服,转眼
就被人抢走了……我兜来转去,
再也没有一件物品可以打动我,
欧芹、鼠尾草、迷迭香和百里香也不行。
……从窗口望出去,暮色像薄雾捆绑住高楼;

远处隐约闪耀的是星星还是正在降落的航班?
准备了五粮液庆功的客户并没有唉声叹气
喝闷酒,他发来开怀畅饮的照片,
并且配上文字:活着就要感谢,
活着的每一天都是上苍赐予的礼物。

身体咒

人到中年,梦想屈从于身体,
欲望也是。唯有酒精可以燃烧
湿漉漉而且慌张的心。

游动的悬崖下,跛脚的词语在呻吟……
疲软的阴茎如一条老狗瞪着无助的眼睛。
阳光下的气泡有多么美丽,
身体里的骚动就有多么残忍。

高高举起的酒杯轻轻放下,
怅然望向窗外,梦想和欲望
像一辆冒着浓烟的老火车呜咽着……
一声叹息如风暴从心底发动。

悲伤在我松弛的皮肤上流淌……
口中念念有词:贴满标签的肉体
就是神的供品。

殡仪馆

春天。我与小说家马拉约好，
去殡仪馆体验一个月生活，
看看死亡到底长得怎么样。
与美丽的殡仪馆馆长推杯换盏，
敲定体验生活的时间，像敲定
骨灰盒上的一颗钉子。
马拉确定他的小说名叫《托体》，
我笑着说我的诗歌就叫《挽歌》。
马拉体验了一个星期生活，
长篇压缩成中篇，中间
省略了时间的钻石，但并不妨碍
《托体》像一座山峰般耸立。
而我继续为三五两散碎银子奔忙，
途中偶然想起某年两个朋友
为了比谁胆大，躺在停尸房里
消耗各自的恐惧，他们说
黑暗中听见有人在唱歌：
"死去何所道，托体成山阿。"

他们说听到了恐惧,而我
听到了安宁。在渺渺的歌声中,
我想起诗人杨克跟我说:
"少写有关死亡的诗,它会反噬"。
——"我这么软弱的一个人,
怎么会有勇气面对死亡,
包括面对灵魂的死亡。"
耳朵里的溪流如歌声
的舌头,吐出火苗。

圣 人

我有个小说家朋友,
他的理想是做一个圣人。
而我的理想就是吃喝玩乐,
我来世界一遭,不是为了
吃苦,而是为了享乐。
我们经常在一起厮混,
每当喝到云山雾罩时,
他眼睛里突然迸发出
一团奇异的光。
他有力地挥动手臂跟我说:
"我要做一个圣人,但
在这之前,要戒掉自己的执念,
对!还要戒掉酒和色。"
我们烂醉如泥时,
圣人附体。一团奇异的光
笼罩着我们。

一首诗歌逻辑能够自洽的诗

把大海的喧嚣塞进牛皮纸信封,
寄给那个白马般的少年;
把枕边的唠叨
咕噜咕噜喝进嘴里,
然后吐进抽水马桶
——马桶就是中年人的海。
洁白的桶壁上,常常趴着
一行无法消化的诗。
酒后不再像个疯子
在街道灰色的舌头上跳舞,
不再在梦里发出车祸般的尖叫。
原谅那个大腹便便的自己,
——原谅一个遍体鳞伤的词,
断裂的天空。断裂的阳光。
灰暗的天空轻声叹了一口气,
一枚受伤的词游进
童年的绿色池塘。

在流水上给你写一封信

用手蘸着猪油,
在流水上给你写一封信,
托水鸟带给你,
希望流水能洗濯你的心。
积雨云是看客,
枯萎的芦苇也是,
甚至河里面的淤泥、石头都是。
在我的生命里,你是意外的访客,
从我租借的流水上漂来,
冲垮了渐渐颓败的庭院。
我的灵魂是一个破产的公司,
甚至付不起肉体的租金。
这是我写给你的最后一封信,
唉,灵魂的漂流瓶
漂到哪里算哪里吧。

两个高脚玻璃酒杯

我和一个诗人在酒吧喝酒,
喝到高兴时,兴奋地
端起酒杯来到酒吧外的路边,
边喝酒边谈论:枪炮和玫瑰。
爱情与面包。以及
伟大的无用。这个夜晚
最明亮的两颗星赤脚坐在路边,
烟火明灭间的繁华与慌乱,
像夜色从身边慢慢流走,
闪光的思辨修改了黑夜的谬论。
一个喝醉酒的女孩,哭泣着
从酒吧里冲出来,踢翻了
我们的酒杯,酒吧老板娘
跑出来说:她失恋了,
打碎的酒杯不要你们赔钱!

酒鬼与圣徒

在命运的铁砧声中酣醉的酒鬼
翻倒的酒杯里流淌着生锈的郁闷
半开半闭的眼睛里滚动着闪电
……中年炉膛里的炭火越来越暗
镂花的枫木风箱已经破败不堪
崭新的激光焊机正被火车从远方运来
但用什么才能把酒鬼与圣徒焊接在一起
信仰、青山、溪水、烛光……还是爱?
他像一个沦陷于赌桌的人
一次次在烈酒中练习死亡
断片时他抱着自己的亡灵痛哭
对于此时的他而言,世俗的重量
比广场上的任何雕塑都重
因此,即使他的笔是匕首、是投枪
却主动退回故土成为犁铧
有气无力地翻动心中的盐碱地
退回家庭成为搅动幸福的汤勺或者筷子
被自己囚禁的光,肥胖,松弛……

体面的外衣包裹着自私和懦弱
只有作为酒鬼时,他才能
偶尔在镜中窥见自己圣徒的样子
他非常享受这样的时刻
不需要任何人指认和认领

铁轨伸向天边

——给北岛

小路尽头是一间空房子,
只有一张木质长桌,
一个人沉默地坐在那里,
背影消瘦,像偌大的口腔里
仅剩的一颗
坚固牙齿。
野菊花湮灭了小路,
孤独的脚步声隐藏在花丛中,
点亮了石头中的冰灯,
古老的敌意寻觅蝇眼中的答案。
我伫立在山谷里听风,
踩着野菊花
走向空房子,
我确信看见他心里的小路
覆盖着薄薄的雪。
有的路段已经结冰,
更远处:铁轨伸向天边。

陪洛夫伉俪游石鼓书院

我才不想去管

蝉声与云朵

争夺蓝天而产生的矛盾

在我看来

湘江水流动的声音

与耒水流动的声音

并没有什么两样

但淡水河流动的声音肯定不同

至于菲莎河

那是流动的音符

是孕育漂木的神水

时间深处和词语深处的探险家

肩负替万物命名的使命

也有可能

反被时间和词语命名

躲过一群大雁的阴影

我侧身问洛夫先生

漂木曾经以怎样的姿势

在这四条河流上漂过

哪条河流才是他的母亲

风吹皱江面上的忧伤

先生笑而不语

一个闽南口音回答

应该还是湘江吧

一句话破空敲响了

江畔的石鼓

一颗颗鹅卵石

如雀斑

在江底摇动

燕子山的下午

——给洛夫

该以怎样的语言来形容这样一个下午？
它以绚烂而缓慢的方式降临
如碧绿而清澈的耒水
用青草香味的普通话说着欢迎词
我沐浴着汉语的光芒，面对
怪石嶙峋的意象，和山风凛冽的语言
心中充满惶恐，像一个迷路的乞丐
突然闯进一座金碧辉煌的汉语庄园

散淡的燕子山，神似一个诗人
朴素地站在微寒的秋风中
我忐忑地站在他旧居的讲坛上
试图说出魔幻的由来
那些文字的小精灵从魔袖中跳出来
跑得漫山遍野都是
它们的奔跑，充满着欢喜的战栗

我想问：是谁让这个下午的时光

流逝得比之前更加缓慢?
故国、故土都在脚下,却仍然如一块漂木
漂在天地洪荒之间

这个人是谁?为什么我感觉
曾跟着他在这个世界上左奔右突?
燕子山用腹语反问我

与大雁塔有关又无关

——给韩东

昨夜梦见韩东

蒙头睡在一群大雁塔的游客中。

雁塔区即将迎来暴风雪,

所有人都必须转运到专门建造的掩体内。

我已经多次经历暴风雪,

并不慌张,但仍然像一只软柿子,

没办法,已习惯被捏成生活想要的样子。

但是,为什么下意识地抬头

去看夜空下灯光璀璨的大雁塔?

为什么隐约期待有人爬上去再跳下来?

……数小时的等待,空气中的灰尘

都疲倦了。大雁塔里长明灯扑闪着……

沉默的、喋喋不休的人闭目休息。

凌晨在高速公路上狂奔的客车

像一匹受了惊吓的狼。我挤到

韩东的旁边,他正揉擦着疲倦的眼睛,

从一堆破碎的词语中坐起来,

看见我朝他微笑,便说:

好像认识你。我挠头讪笑着说:
"我就是一个假想做英雄的普通人,所以千里迢迢赶来爬一爬大雁塔。"

芒鞋和钵

——给杨键

穿着芒鞋
托着钵
翻过七七四十九座山

钵里装着雨水、虚无和空
暮色打开一本无字天书
星星和月亮是夜晚的两只眼睛
第三只眼是一盏酥油灯

在妈妈的泪水中织一张时光之网
一滴眼泪就是一口古井
一次停顿就是一次涅槃
毛笔在宣纸的黑暗中
飞了起来,飞了起来——

重重摔在地上时
已经飞越了七七四十九座山
手里的钵盛满佛教的蓝

破烂的芒鞋里没有脚
像两个空园子

伟大的姑娘们

——与芒克、岳敏君共饮

慢慢摇晃杯中的威士忌
像摇晃一个迷离的夜晚。
身体里的意象在摇滚,
金色的漩涡把我卷进一片陌生的水域。

酒杯清脆地碰撞形成更加激越的漩涡,
与颓废的歌声,以及
慵懒的男男女女形成一种对抗,
端起杯子畅饮的姑娘是诗人诗里的一个隐喻。

"伟大的姑娘们,来吧,干杯!"
芒克站起来呐喊着一饮而尽。
这个可疑的夜晚他像突然升起的太阳,
我们像一棵棵伸长脖子的向日葵。

昏暗的灯光下游动着失忆的幽灵,
夜晚是一张大嘴,伟大的姑娘们从嘴巴里
蹿出时,已经替这个夜晚说出了它的秘密
——梦里眼角淌出的泪都是美酒酿造的。

金虎酒吧

——给马拉

依照赫拉巴尔、哈维尔、克林顿就座的顺序,
严彬、赵志明、马拉依次坐下,
我坐在对面,点了几杯啤酒。
除了以上几位,我们肯定还要邀请
卡夫卡、米兰·昆德拉和伊凡·克里玛入座。
本来要问:有没有油炸花生米?
猛然想起这里是布拉格,金色的浪漫之都。
酒吧里人声鼎沸,多数是中国游客。
还没来得及深入交流,中心教堂的钟声响了,
没有人催促,但我觉得是应该离开的时候了……
以上内容是阅读一首诗分泌出的神秘汁液。
事实上我曾随商务旅行团去过两次布拉格,
活动间隙溜出去寻找严彬、赵志明、马拉去过的金虎酒吧,
虽然连蒙带猜做了攻略却一次都没有得逞,
但我就是觉得我去过那里,而且坐在厨房左侧
——赫拉巴尔经常坐的那张桌子上。

秋日下午游黄河口遇雨

芦苇为什么会思考
麻雀为什么喜欢成群结队
一场雨为什么不早不晚地降落
"黄河"这个词里为什么有金戈铁马的声音
为什么几天前就浩浩荡荡流进我的梦里?

是什么在心底苏醒?是什么
点燃了空洞眼睛里的火焰?昨晚
浊浪不断拍打我的心岸,床单上的黄河
被另一个大海吞噬……

在夜晚的喧闹中频频举杯的秋雨
精心虚构一个下午来承接的沸腾
送来另一个下午:昏暗的天空
倾盆大雨。飘零的荻花
拥一条大河入怀

与马拉和徐林在书房里谈诗

唔,我们谈到词语的光泽,
谈到独特的音调,谈到音准……
哦,这些只是让你
看起来比较迷人,
如 T 台上走猫步的模特。
即便如此,仍然只是
一具漂亮的躯壳,
能辨认出 A 和 B,或者 C
但这显然是不够的。
从眼睛进入灵魂,
耸立着一道鸿沟,
更遑论越过灵魂的边境,
去到别处——
点燃烟,猛吸几口,
又猛咳着抿了一口茶,如果——
烟雾缭绕能把天空抬高,
让鼻孔成为铁匠铺里的风箱;
一片茶叶上升或下沉,

让灵魂暗河里的亡灵

发出吼声,如一道闪电:

"啊,这些就是喜马拉雅山了。"[1]

---

1. 出自辛波斯卡《未进行的喜马拉雅之旅》。

浪　花

——给马拉

假如，啤酒的泡沫是浪花
浪花会不会打湿我们的新衣裳
进而打湿这个烂漫的夜晚？
如果我们躺下变成一条船
是想渡谁去彼岸？
假如他是一个陌生人
我们说什么好呢？
夜晚的枝条上结着吉祥果和鸟鸣
我们结结巴巴，结结巴巴地说
假如——我们也是陌生人
会把手握得更紧吗？
哦，金黄色的浪花
拍打欢乐的堤岸
我们浪花一样欢腾
请原谅，我有一个小秘密
始终没有告诉你
我也是自己的陌生人

与余丛共饮

喝着,喝着
就到了微醺状态
某座深山中,落叶
簌簌而下,如时代的泥沙
此刻身边的许多事物都冰凉冰凉的

温暖,我们心里仅存的那一点点温暖
是留着温暖自己
还是温暖那些更需要温暖的人?
我们又碰了一下杯
像用两把冰镐凿开滞重的寂静
酒杯的脆响随着风
触及天边那些我们热爱的事物
并发出回音

危险的中年,经常对着一根枯枝发呆
回忆亦如枯枝般容易折断
开阔的远方,狭窄的寂寞和忧伤

虚构的雪和非虚构的头屑

都不再神秘

有三五朋友陪着喝酒、聊天

拥有的不是太少,而是足够多

……就这样坐在深山里

凝视一根枯枝,它的牙齿反复咬噬我

寂静的春天

——给唐不遇

传说中的教堂藏匿在泥泞中
好像在等一个避雨的人
亦好像他们在互相等待

白色台阶上花朵芬芳
一群鼻炎患者匆匆走过

上帝在送信的途中
我们祝他旅途愉快

命令天堂降低为街边一座小小的花园

——兼赠王桂林兄

是谁的鸣叫?唤醒大西洋的风
唤醒窗外的街道、教堂和花园
唤醒:两根焦黄的手指
凛然,把夜晚篡改为白昼
并且命令天堂降低为街边
一座小小的花园

万古流

　　——赠也人兄

谁也不能命令一条河流倒流,
就好像谁也不能叫一个死去的人
返回尘世喝一杯酒。昨天一去不复返,
已驾鹤西去的洛夫却命令我们
相约在江边,是为了让江风
把我们的谈话捎给某和某吗?
唇边掉落的星光是时间的果实。

唇齿间跳跃的是什么?
词语帝国里流动的火焰吗?肉体里
燃烧的河流吗?途经的事物终将熄灭,
死亡祭台上爆炸的星辰已经变成尘埃。
多少河流曾挣扎着站起来向天空生长?
多少人曾把萤火虫当作星辰?

蓝墨水的上游,河床为什么哭泣?
消逝才是宿命,挽留不过是一种条件反射。
越来越小的火焰,是毕生燃烧的缩影。
一条夜晚的河流在燃烧,娓娓道来流水的故事。

面包山上的舞台剧

——给梅尔

谁是导演并没有关系
你或我,抑或
大西洋的风
在里约热内卢,在这个舞台
再简短的脚本,也会冒出
即兴的疯狂

我们都是深居于镜中的影子
在猛烈的阳光下
拥抱,凝视,背靠背遐想
仿佛爱,仿佛生命的礼物
在阳光下打开

最后,我们都像
卸妆后的演员,没入
自身的黑暗

花朵与陨石

——给李浩

春天的夜晚,我们沿着江边小路

踉跄着往前走,几个久别重逢的朋友

换场到古镇去吃夜宵

他们要像吸血鬼把对方吸干

有人哼着小曲儿

有人喁喁私语

有人扶着小树呕吐

手机电筒的微光下

落满路旁的花瓣仿佛也已微醺

小西跟我说

她希望这些花朵

回到树枝上

我捡起几瓣

鼓起腮帮用力吹

花瓣落到小西的绿色连衣裙上

我大笑:花朵回到了树枝上

小西突然像一只受惊的小鹿奔跑起来

花朵飘落在泥土香味的夜色里

像陨石砸在一首诗的心脏上

伤离别：送永峰之澳洲

如何把灵魂装进肉体？
我不止一次问过自己这个问题
今晚我把灵魂装进
眼前这盘酸菜大肠
它就是我冒着热气的肉体
飘动的蒸气仿佛挥动的狼毫
用颜体写了两个字：垃圾
我并不在意，中年以后我明白：
取悦别人不如取悦自己
奇怪的味道如何赢得我的偏爱
它比哥德巴赫猜想还难解答
我热爱它就像我热爱亲爱的酒友们
——黑夜里磷火般闪烁的灵魂
十几年前，安大略湖碧绿的水波
也曾让我心旌飘摇
但我最终还是选择
把双脚插入脚下这块伤痕累累的黑土地
——你终于逃跑了

我们反复推动的巨石
再也砸不到你的脚了
而我们仍然要不断推动这块巨石
还要举起酒杯庆祝这荒谬的努力

阿依达

——给洪烛

你早已暗中选好一个春天
去密会月亮之上的阿依达
你没有对这个世界做最后的交代
或许是为了维持一种秘密的平衡
也许你觉得完全没有这个必要
犹记得你总是絮絮叨叨……不停……
冷嘲热讽不能阻止你,你笑眯眯地继续……
似乎毫不介意。在一个撕裂的世界里
沉默,是一种美好的言说
絮叨难道不是
打一个不恰当的比喻,你像
一个水龙头,文字像水
从里面流出,但我感觉它们
更像鱼,在一个拥挤的鱼塘里
跳跃。现在想起来
鱼鳞的反光容易让人迷路
你在另一个春天里,应该
有另一片令人迷恋的星空

其实迷路也好,可以看见
更多的风景,甚至可以
遇见你的阿依达

在病房与母亲谈写诗

母亲进了重症室。神志稍微清醒时
一声长叹,人生之苦就像一条浑浊的河流
滚滚而下,我也忍不住感伤。
继而母亲把话题转向我:
"你以后就不要写诗了,
每天搞到深更半夜,
何必把自己搞得这么辛苦呢?
写诗有什么用?又不能赚钱!"

"这不是赚不赚钱的问题,
诗歌是我随身携带的治疗机,可以治疗虚无;
诗可以让我带着优于出生时的灵魂死去。"
我本来想这样说,但我没说,
我礼貌地道歉,然后干脆地回答:
"以后再也不写了"。
——我说谎时竟然没有丝毫的羞怯。

母亲疲倦而苍白的脸上浮现出一丝笑容,
像极她在部队文工团最后一次谢幕时的笑容。

与妻书

这么多年了,多少道路纵横交错
我仍然对你所知甚少
我不知道你的背后也藏着翅膀
总以为天使才有翅膀
我不知道你的双眼皮里藏着摄像机
甜蜜,疼痛和麻木都被你摄入眼里
我甚至对你的忧伤也所知甚少
我总是用自以为是的爱
在日常生活的水面上滑行
人生行至中途,日子趋向平淡
亲爱的,春天适合狂欢,秋日适合饮茶
我已经懂得适时收集身边的人和事物身上的光
亲爱的,让我们在黑暗中歌唱,在细雨中举杯

秋　夜

水蓝的夜空中镶嵌着两颗星
一颗明亮，一颗暗淡
对望着：儿子和我对望着

已经朝夕相处十七年
仍然感觉彼此身上
藏着可怕的陌生

蝉鸣声一阵大过一阵
始终淹没不了蟋蟀的叫声
它们是谁餐盘中的美食

我站在阳台上抽烟，眺望星空
——儿子已经睡了，明年
他就要远走异国他乡

头顶有两颗星特别明亮。
蝉鸣和蟋蟀，仿佛跌落在

树林和草丛中星星的碎片

我们一起旅行
像在镜中互相寻找

夏日黄昏与女儿在二龙山谈论桉树

没有看到树袋熊,
只有桉树利剑般指向天空,
只是事到临头多了点花样。
足够多的桉树排列在一起,
形成某种气势,——另一种美学。
像网络上啸聚的键盘侠,
仿佛骤然拥有荡平一切的神奇力量。
暮色像落叶飘落在我们身旁,
罗滚滚像只快乐的小兽,
有时走在我的前面,有时走在我的后面,
有时我们手牵手走着……
记忆中,我曾经也跟父亲一起
手牵手走在故乡的田埂上、山坡上。
我的祖先桉树般排列在一个开阔的斜坡上,
他们从这个世界过度索取的只是自己的身体。
我跟女儿谈起桉树的故乡澳大利亚,
谈起桉树的好恶,谈起生态链,
告诉她要理解桉树和它的生长环境,

但不要有桉树的理想,她似懂非懂。
我的烟点亮了晚霞,
晚霞又把我们点亮。
斜刺里飞出一只色彩斑斓的蝴蝶,
它忙于收集黄昏里别样的颜色。

有兔子的黄昏

——给罗滚滚

漫山遍野的绿

心情般汹涌

夕光中两只兔子在草地上啃草

滚滚不停地去挑逗两只兔子

手里抓着一把她最爱吃的巧克力

滚滚和兔子在奔跑

世界在奔跑

我把目光从书本上移开

久久地看着他们

我很想告诉她

我有多爱她

就有多爱这个世界

风,悄悄带走暮霭

骨头和血液死死抱紧泥土

献给坐在酒店大堂里的一位陌生女孩

你坐在那里
像一株谦虚的水稻
头上结满稻穗
你或许是一位歌者
已完成了歌唱
你或许是一个侍者
刚刚跑完堂

你就那样坐在那里
静静地
像一件瓷器
在这个喧闹过后的午后
在空空荡荡的酒店大堂里
放着寂寥的光

我打着饱嗝
从你身边经过
泛着红光的脸上
忽然有了忧伤

与夜晚书

是你,拓展了整个夜晚的宽度,
只有在黑暗中我才能看见身体里微弱的光。
月亮。不速之客。在高冷的啤酒杯里嬉戏。
我跷着腿,两眼迷离地仰望星空,想你……
繁星满天,没有一颗情愿说出内心的秘密,
而我也把秘密死死捂在心里。认识你以后,
我才变成一个怀揣秘密的人。
一个影子飞过堆满桌子的啤酒瓶,
飞过一只沐浴着月光的香梨,惊醒
远方一个做噩梦的人。烤肉的滋滋声像你
永不停歇的絮絮叨叨。你在一间铁屋子里,
搬运夜晚分泌的东西……我想就此颓废,
沦陷在你分泌的黑暗里,甚至想毁灭自己。
一阵又一阵的呕吐,吐出
中年的虚火:金钱、名誉、地位、博学……
眼冒金星直起腰来,发现
我才是这个夜晚的不速之客,
为什么不能接受一个失败的中年?

为什么不可以与一片月光私奔?
江面上传来缥缈的歌声,
身边传来平稳的鼾声,
夜晚:一个摇篮。一座宫殿。

深夜咖啡馆

风从黑夜的底部吹起,
卷起灰尘,和灰尘中
不可知的暗物质。
两杯咖啡互相试探,
伤害了白炽灯的智商。
眼睛里的火焰扑闪着,
似有什么在燃烧,
又似乎什么也没有。
两辆载满悲伤的汽车
在黑夜里疾驰,
在寻找生活的答案,
世界太复杂,答案
如轮胎扬起的
灰尘。风中的废墟。

这是一个谜

夏日盛大,树木葱郁。
炙热的阳光缔造白日梦般的力量。
少有人走的小路上铺满金黄的落叶。
一个心事重重的人怀揣岁月的裂痕,
臃肿的身体散发着末日的气息,
混浊的血液里流淌着黑色玫瑰。
仿佛溺水者身披彩色的瀑布,
直觉让他想抓住任何可以抓住的东西,
思想与时间摩擦迸发出的火花,
随时随地可以烧毁他的世界,
他既害怕又隐约期待即将到来的毁灭。
轻轻的脚步声像时间的滴答声,
某种战栗的快感从他的心底喷泉般涌起。
为什么锈迹斑斑的身体里涌动春潮?
这是一个谜?对,这是一个谜。

亲爱的

亲爱的，几乎每天
我都会想你
酒后，会想得更厉害些。
想你月牙般细长的眼睛
想你玉盘般姣好的面容。

想：与你深情拥抱、亲吻
想抱着你，抓着你的乳房
沉入梦乡。想
醒来后，再次
咬你的乳头。

山河壮丽，光阴如梦。

我总把这一次
当最后一次
亲爱的，请原谅
我从来没有想过你
高贵的灵魂。

酿　酒

等待一个好日子，等待
一道闪电劈开灵魂——舌头
等待一场狂欢。酿酒师
从一场雾中出发，抵达
一个云蒸雾绕的仙境，
当香气蒸腾时，清亮的雨水
就落了下来，他在沸腾的蒸气中
听到一声翠绿的鸟鸣
——多么熟悉的音调，就是
它了——他娴熟地挥起了铁锹。
这时候露水还在凌晨四点的树叶上
打盹——酒神出场，并没有带上神谕
和酒具，他只带着诗歌和音乐。
一滴酒从一粒粮食中破空而出时，
就有一个灵魂跟着出窍——
酒香好比六弦琴上流淌的音符。
在乡下我的祖母也曾酿过酒，她把
糯米、高粱、酒药放在一个大瓦罐里，

酿胡子酒,我经常借着夜色掩护
偷偷去看祖母酿酒,看粮食
如何变成美酒,像看一首诗如何写成。
——从词语到钻石,我原谅了自己。

后　记

替万物言说它们自己的秘密

我阴差阳错地成为诗人，这冥冥之中决定我的诗歌之路是不同的。

在日常生活中，我是一个忙碌的人，出差、学习、开会、研究产品和消费者习惯、旅行……循环往复……可以说是毫无诗意，但也并非不可以找到诗意，套用罗丹的句式：生活中不是缺少诗，而是缺少发现诗的眼睛。

世界上的万事万物都作用于我，诗成为我对世界的一种反应，或者说是一种反射，一种作用力的反作用。

诗，是诗与诗人的互相发现。

我一直在物质挤压心灵的生存现场，而且，我既是受益者，又是受害者，我处于一种微妙的尴尬中。诗歌成为我精神救赎的工具，我想象自己在词语中获救。

我的绝大部分诗都完成于旅途，汽车上、飞机上、酒桌上、宾馆里……甚至有的诗在 KTV 里写就。因此，我的诗是现场的、是真实的，是有温度有烟火气的。

我热爱诗歌就像我热爱生命，我渴望看到的生命形态是热气蒸腾的，是与众不同的：有粗粝，有温情，有单纯，有复杂……我希望有一天它能够精确而通透，匠心和佛心同在。以朴素的笔触重新发现现实生活是我希望达到的境界。

我喜爱的诗歌一定要有那种能真正打动人的东西，有对事物新的发现和理解，对心灵的触摸以及穿透。

在我心里，真正的诗歌是要有精神的，真正的诗人要有非同凡响的认知力。我觉得，技巧决定一个诗人的下限，对世界的认知则决定了一个诗人的上限。

潘天寿说："艺术之高下终在境界。"

写诗写到最终，也是写境界。

一个好诗人应该让高处的光照到低处，或者从尘埃中挣扎着站起来去仰望高处的光。

一个好诗人必须具有精确进入事物的内部的能力，这里，我想强调一下精确——只有精确，才能看到事物的真相和本原——这样的"看见"才是诚实的、可靠的、有效的、凶狠的，这样才可能让自己处于语言与生命相互打开的状态，跳脱的文字与胸中奇气浑然一体，真我真气充沛，无所畏惧！

他冒犯尘世，也被尘世冒犯。

但他宽厚、悲悯，原谅一切。

我从来对所谓的灵感写作都表示怀疑，所谓的灵感丢失不过是灵魂枯竭的托词。

写诗是诗人的一门手艺，这手艺一旦形成便不会丢失——手艺只会荒废，不会丢失。

曾经有一段时间，我认为诗人可以用诗歌给万物命名。

然而，这几年，我常常怀疑"诗人用诗歌给万物命名"。

诗人与世界与万物到底是一种什么关系？

为什么我的行走之诗就比蜗居之诗写得开阔和深邃？2017年，我在齐白石纪念馆看到"得江山助"这句话，似有所悟。这句世人评论唐代文宗张说的话给我莫大启发，我常行走于山峰河流沙漠海洋，访谈奇人异士，与有趣的灵魂一起在天空中舞蹈，这种滋养对我来说胜过读万卷书。

一个心中有大江大河大灵魂亦有大趣的人配得上一切好的东西。

我很庆幸，我至今还保有一颗童心，所以我对这个世界始终充满好奇心。

在这里，我应该要感谢诗歌，是诗歌让我保持童心，并且由好奇心诞生出创造力。

对美好事物的向往和对世界始终保持好奇心是诗歌给我最大最好的回馈。

但是，诗人并不能给万物命名。

世上万物，即使它们没有名字，无名也是无名山、无名水、无名花、无名草，诗人无非是从一个秘密通道进入事物内部，品咂、体味它们的秘密，替万事万物说出它们自己的秘密。

我们往往以为诗为诗人代言，事实上诗人是诗的代言人，是万物的代言人。

谢有顺先生曾跟我说："傈傈，就要敢于裸出身体，裸出思想。"我想这就是我追求的无拘无束的写作。我的诗，既是诗，又不是诗，它是一种媒介，连接我和世界，和万物。

在我的人生经验中，我希望自己尽可能地警惕"路径依赖"；我害怕自己不断重复自己，就写诗而言，我特别害怕自己写出一些很像诗却没有任何发现任何创造任何价值的诗。与友人聊天，他说，如果语言不能向超越语言的东西奉献自己，还是沉默为好。我以酒杯敲击桌面，大叫三声：好！好！好！

"与其更好，不如不同"是我做事的方法论，这种方法论同样适应于我写诗，我想写出不一样的诗歌，我把与自己说话的诗上升为与自己对话的诗，我有意让我与自我对峙，产生一种强度。

我希望有一天能写出一种让自己也感到惊讶的诗，虽然目前实验并不成功，但我不会放弃。在以后的写作中，我不但要"裸出身体，裸出思想"，还要裸出灵魂。